新 潮 文 庫

天才少女は重力場で踊る

緒乃ワサビ著

新 潮 社 版

11923

天才少女は重力場で踊る

一石《かずいし》教授の研究室は、田端《たばた》駅から歩いて五分もかからない場所に建つ古びたマンションの一室だった。昔の洋画に出てきそうな建物で、どうにも田端の風景からは浮いている。エレベーターはなく、一フロアごとに折り返す階段が最上階まで続いている。その階段を五階まで上がった。

扉にはKazuishi Lab.と表記がある。ここだ。旧式のインターホンを押すと扉の向こうから大袈裟《おおげさ》なブザーの音が聞こえた。しばらくして扉が開いた。

髪の長いほっそりした少女が憎々しげな視線を俺に向けている。オーバーサイズの黒いセーターは、彼女の線の細さをより際立《きわだ》たせているように見えた。

「帰って」

彼女は仁王立ちでピシャリと言った。あまりにも明確な拒絶にさすがにたじろぐ。出鼻を挫《くじ》かれた俺は「あ、え」と妙な声を漏らした。彼女はまばたきもせず、混じりっけのない怒りを俺にまっすぐ向け続けている。

「どこかで、会いました……か？」

　やっとのことでそう返した。少女は表情を変えずに俺をにらみつけている。こんな表情でなければ、コンビニに並んでいる雑誌の表紙を飾っても不思議でないほど整った顔だった。

「帰って」

　彼女はもう一度そう言った。奥からのんびりとした笑い声が聞こえてきた。

「追い返してどうする」

　彼女の背後から巨大な老人が灰色の煙をまとって歩いてきた。煙は彼の咥《くわ》えているパイプから立ち上っていた。七人のこびとの一人が、そのまま巨大化したような見た目だった。

「いらっしゃい。学生さんだね。待ってたよ」

　彼はパイプを手に持ちながら言った。

「待ってなんかない。先生、わたしは反対です。大反対」

　少女がそう言って老人を見上げる。

　老人は彼女を諭《さと》すように首をかしげてみせ、俺には手招きをしてからパイプを咥え直し、煙を吐き出しながら部屋の奥に向かった。機関車のような人だ。

「信じられない……」

玄関に残された彼女はこの世の終わりのような表情でそう呟《つぶや》き、悲壮感を漂わせながら老人のあとに続いた。

入っていい、ということなのだろうか。

絶対に仲良くなれないタイプの女子。やたらと巨大な老人。それが二人に対して抱いた第一印象だった。

「おじゃまします」

誰にともなく呟いて、俺も部屋の中に入った。

薄暗い廊下を抜けると、空間を贅沢《ぜいたく》に使った大部屋が広がっていた。ど真ん中にある大きなテーブルにはどっさりと本が積み上げられている。壁を埋め尽くすように配置された本棚にも溢《あふ》れんばかりの本が詰め込まれていた。本、埃《ほこり》、そしてパイプの甘い煙。それが広い空間を埋め尽くしていた。

大きな老人は窓際のＬ字デスクに腰掛けた。そこが老人の定位置のようだ。

「来客はほとんどなくてね。そこの椅子《いす》使っていいよ」

彼が指差した先には、椅子と譜面台と二本のアコースティックギターが並んでいた。

見る限り作業用のデスクは二つ。主に二人で使うのを想定したレイアウトのようだ。

俺はギターの横にあった椅子を、真ん中のテーブルの近くまで持ってきて座った。

不機嫌な少女は、自分のＬ字デスクの椅子に座って腕と足を組んでいた。

老人は自分のデスクに散乱した紙と本の山からなにかを探している。

「あぁ、あったあった」

Ａ４のペーパーを手にした老人が、回転式の椅子でくるりと回ってこちらを向いた。いつの間にか太縁の老眼鏡をかけている。

「万里部《まりぶ》、鉱《こう》」

俺の名前だ。俺はうなずきを返す。

「マリブコウくん、そんな名前のカクテルがあったな」

老人はくぐもったような低い声で笑った。

「あなたね」

不機嫌な少女が相変わらず冷たい声で言った。彼女が続ける。

「この研究室がどれほど革新的な研究に取り組んでるかわかってる？　わかってるわけないわよね。わかってたら学部生の分際でのこのこやってくるはずがない。いい？　先生は天才なの。学生の指導なんてしてる暇はない。あなたが欲しいのは知識でも経験でもなく単位でしょう？」

そこまで一息に言って彼女は立ち上がった。

「先生、今すぐ彼に単位をあげましょう。それが、この場にいる全員の課題を同時に解決する最適解です」

　彼女の演説を黙って聞いていた老人が、小さく笑いながらパイプの煙を吐き出した。

「そうはいかないよ。それに、彼にだって優れたところはある。万里部くん、きみは履修登録した単位を一つも落とさずに取得している。実験は三年間無欠席。非常に勤勉なんだね」

「まぁ」

　確かに、大学に入ってから単位を落としたことはない。

「くっだらない……」

　少女は憎々しげに言って、どかっと自分の椅子に座った。

　俺は小さく手を挙げて言った。

「あの――」

「なによ」

　すぐに少女が答える。彼女の提案――今すぐに単位をもらえる、というのは確かに魅力的な内容ではある。だがその前に、この子は一体なんなんだ？　おそらく、パイプを吹かしている老人のほうが一石教授だろう。

　そもそもこの少女、俺より年下じゃないか？　大学で見かける新入生よりも若く見えるくらいだ。彼女はずっと、なにに苛立《いらだ》っているのだろう。

　確かに俺には人に自慢できるような特技があるわけではないが、だからといって初対面の相手にここまで邪険《じゃけん》にされる覚えもない。

「一石教授と話したいんだけど。きみじゃなくて」

俺がそう言うと彼女は眉間《みけん》に深く皺《しわ》を寄せた。西洋人形のように整っていた顔が般若《はんにゃ》のようになっていた。俺はそれを無視して老人のほうに顔を向けた。

「一石教授、ですよね」

老人はゆっくりうなずいてから少女のほうに視線を向けた。

「三澄《みすみ》くん。きみはそろそろ講義の時間じゃないかい」

三澄と呼ばれた少女は壁に掛けてある時計をチラと見てから、不満げに目を閉じた。

「下らない仕事ばっかり。録画で事足りるのに」

三澄はそう言ってノートパソコンを持って立ち上がった。

「わたしたちの研究を学生に手伝わせるなんて嫌です。意味がない。必要なことはわたしが全部やれます」

「ほら、講義講義」

老人が朗らかに言う。三澄はため息をついてから部屋を出て行った。廊下につながる扉越しに、もう一度扉の音が聞こえた。どうやら別室に移動したらしい。

「ちょっと気性の荒い子なんだ。慣れるとかわいく思えてくるよ、小型犬みたいでさ」

一石教授が冗談めかして言った。

「彼女も学部生ですか？」

そう聞くと一石教授が低く笑った。

「年齢は学部生のほうが近いかな。彼女のほうが若いけどね。ただ、講義は院生向けだ」

俺は目を見開いた。

「飛び級、ってやつですか」

「日本に飛び級制度はない。彼女は教える側だよ」

今度は目だけではなく口も開いてしまった。

「教授、ってことですか、あんなに若い子が？」

「正確に言うと特別招聘《しょうへい》教授。大学に雇われているわけではない。まぁとにかく。彼女はああ言ってるが、ここにはきみに頼みたい仕事がある。その話をしよう。そのためにはるばる田端までやってきて、階段を百二十六段も上ってきてくれたんだろう」

確かに、改札を出てからやたらと階段を上った。この建物の前にも階段があった。

「田んぼをね、段にしてたくさん作っていたらしいよ」

一石教授はのんびりと言った。たくさん田んぼがあって、田端、か。なるほど。

「さて。確かにここはちょっと特殊な研究室ではある。紙とペンがあれば成立する理論物理学の研究室なのにキャンパス外にある。それにはもちろん、理由がある」

そう言って一石教授はパイプを吹かした。実にうまそうに吸いこんだ煙を吐き出して一石教授が続ける。

「専門家だけで話していると視野狭窄《きょうさく》に陥《おちい》りやすいんだ。こう見えて私も彼女も物理学にはそれなりに明るい。世間から見れば希少種だね」

むしろ一石教授の風貌《ふうぼう》は物理学者のイメージを体現しているような気もする。パイプに長い白髪。連想されるのは世界一有名な物理学者、アルバート・アインシュタインだ。

一石教授はなにかを探るように上目遣いで俺を見つめながら、パイプを握った手の指をピンと立てた。

「きみは物理学が好きかい？」

そう言って口元に笑みを浮かべる。彼の低くゆったりとした声には、人の警戒心を解きほぐす不思議な響きがあるように思える。俺も一石教授につられて薄く笑った。

「あまり。入学したときは好きだったと思います。ずっと夢中ではいられませんでした」

「物理学科を選ぶ理由は、物理学が好きであること以外にはないだろうね。まぁ、情熱は冷めていくのが普通だよ」

「はい」

それと、大学一年のときに家庭の事情が変わったこと——その言葉はのみ込んだ。初対面の相手にペラペラと話すようなことでもない。大筋は一石教授の言うとおり。物理学に対する俺の情熱は、確かに冷めていた。一石教授がまた口を開く。

「それでも単位は落とさなかった。根が真面目《まじめ》なんだね。電子回路関連の実習はすべて最高評価、手先が器用なのかな」

一石教授は目を輝かせてにんまり笑った。

「そう、なんですかね。細かい作業は好きです」

「備考欄に面白いことが書いてあるよ。二〇二二年の後期試験について。コロナの変異株が騒がれていたときだね」

「あぁ」

思わず苦笑いしてしまった。

一石教授が手元のペーパーを読み上げる。

「新型コロナウィルスの感染状況に鑑《かんが》み、フランス文学史の評価は教室での筆記試験かメールでのレポート提出の選択式となったが、本学生は筆記試験を選択した唯一《ゆいいつ》の学生」

一石教授はくすくすと笑った。

あの日のことはさすがによく覚えている。試験会場の教室に入ったとき、試験官のほうが驚いていた。俺もまさか試験を受けにきたのが自分だけとは思わず、むしろ肩身の狭い思いをした記憶がある。

「真面目なのかな」

「いや——もともとの予定が変わるのがなんか気持ち悪くて。それに、レポートよりは試験のほうが自分の理解度をちゃんと測れるかな、と」

「若干神経質。そして、公平性を重んじる」

一石教授は深くうなずいて続けた。

「きみのような人にきてほしかった。期待以上だよ。万里部くんは、配属研究室の希望を出さなかったね。卒業後は働くのかい」

「はい。広告代理店から内定をもらってます。ほとんどまぐれのようなもので、向いてるかわかりませんけど」

「いいじゃないか。無理に労働に意義を見出《みいだ》す必要なんてないよ。嫌になったら別の仕事を探せばいい」

就職活動の場で言われることと真逆のことを一石教授は言った。俺はこの老人に好感を抱いた。

一石教授は自分の手元から立ち上る煙を眺めていた。しばらくそうしてから、その視線を俺に戻した。

「ゆっくり会話できる時間は限られている。講義が終われば彼女が戻ってくるからね。

それまでに万里部くんとの取り決めを整理しておこう。嵐《あらし》がくる前に身支度を済ませておかないと大変なことになる」

　一石教授がニヤリと笑う。俺も小さく笑った。一石教授は手に持ったパイプを上から眺めて、自分のデスクに置いてあるコルク付きの皿に灰を捨てた。

「私と三澄くんが取り組んでいる研究内容は秘匿《ひとく》してほしい。私たちは当面、今の研究を発表するつもりはない。関係者はある程度いるけどね。これは私と彼女の、なんというかな……、ロマンの追求なんだ。純粋に自分の好奇心に従って遊んでいる。子供のように」

　俺は一石教授の言葉について考えた。研究にも、遊びのようなものとそうでないものがあるということだろうか。黙っていると、また一石教授がゆっくりしゃべり出した。

「で、実は万里部くんにうってつけの仕事があるんだ。それほど物理に明るくなくても大丈夫」

「なにをすればいいんですか」

「これから私たちはある装置を起動する。理論の実践、机上の空論からの脱却だ」

「装置――なんのですか」

「起動実験がうまくいけばどんなものだかわかる。それから、万里部くんにお願いしたい内容もそのあとに伝える。何事にも順序というものがあるだろう？」

一石教授はそう言ってから、なにかを思い出したように眉《まゆ》を上げ、また雑多な机でなにかを探し出した。

「あぁ、あったあった。これにだけは先にサインをもらっておけって、二《に》階堂《かいどう》くんが言ってたんだ」

「サイン、ですか」

一石教授が俺に差し出した用紙には『機密保持契約書』と表記があった。まったく同じ紙が二枚ある。

「秘密を守りますという約束を交わすもの、らしい。仰々しく書いてあるが、ようは指切りげんまんの上位互換だよ」

指切りげんまんの上位互換。嘘《うそ》をついたら何本の針を飲まされるのだろうか。

読み慣れない文章ではあったが、びっしりと書かれた文章すべてに目を通した。

秘密を守らなかったときに届け出る裁判所まで明記されている。

確かに、指切りげんまんの上位互換と言える内容だった。

気になったのは最後の署名欄だ。

株式会社一石工学研究所、代表取締役、一石余《よ》市《いち》。

「ここって、会社なんですか？」

「あ、うんとね、そうなんだよ。ちょっと込み入った事情がある。あとで私より端的に説明のできる人間を紹介するよ。万里部くんはあくまで、理学部所属の一石研究室として受け持つから大丈夫だよ」

少し疑問は残ったが、約束通り秘密を守っていれば害のない内容だったので二通の書面にフルネームの署名をした。一石教授はそれを受け取り、一通は俺に戻した。

「互いに持っておくべきものらしい」

一石教授は紙を小さく折りたたんでポケットに入れた。俺はそのままバックパックのクリアファイルにしまった。

「これでヨシ」

そのあと研究室が開いている曜日、時間など細かい説明をしてくれた。

しばらくして部屋のドアが勢いよく開いた。開けたのはもちろん三澄という少女だった。一石教授が言うところの嵐。驚くべきことに、彼女は出て行ったときとまったく同じ熱量の不機嫌さで部屋に戻ってきた。

「まだいたの」

そう言って彼女は自分のデスクにノートパソコンをおき、椅子に座った。

一石教授がのんびりした声で言う。

「万里部くんとは話がまとまったよ。今日から手伝ってもらう」

三澄は目を見開いて立ち上がった。彼女は、怒りのボルテージと筋肉が連動しているのだろうか。

「勝手に話を進めないでください！」

一際大きい声で三澄が叫んだ。

「今日初めて会ったどこの誰かもわからない人を、どうしてわたしと先生の研究に参加させるんですか！　よりにもよって起動実験の当日に！」

一石教授は自分のペースを守ったまま答える。

「確かに、自己紹介くらいしとこうか。これから一年は一緒に研究することになるわけだから。ねぇ万里部くん」

「なりません」

三澄が食い気味に答える。

一石教授は小さく笑い、さっき机においたパイプとは別のものを手に持った。デスクには三本のパイプが並んでいた。足元から大きなガラス瓶を取り出し、そこから茶色い葉っぱをつまんでパイプにつめる。三澄はしばらくその様子を見下ろしていたが、やがて小さくため息をついて俺に顔を向けた。

「ちょっといい？　二人で話したいんだけど」

「俺は別にきみと話したいことないんだけど」

「こっちには山ほどある。あなたに伝えておかないといけないことが。いいですよね、先生」

一石教授はパイプに詰めた煙草《たばこ》の葉っぱを親指でぐいぐいと押しながら微笑《ほほえ》む。

「もちろん。どうぞごゆっくり、存分に。若者同士の対話ほど意義深いものは、世界広しと言えどなかなかない」

三澄はスタスタと玄関につながるドアに歩いて行き、ノブに手をかけて振り返った。

「ついてきて」

俺は一石教授に目を向けた。彼はアメリカ人のように大袈裟に肩をすくめてみせた。

三澄は研究室を出て外階段につながる非常口から屋上に上っていった。俺もそのあとに続く。

屋上は船首の丸いボートのような形をしていた。まだ冷たい四月の風が吹いている。まともな手すりもなく、端のほうで転んだりしたらそのまま落ちてしまいそうだ。

三澄は屋上の真ん中で立ち止まり振り返った。

「先生からどこまで聞いた？」

「ちょっと待ってくれ。きみって誰にでもそういう感じなのか？」

三澄は黙ったまま首をかしげた。

「そういう感じってなに」

それだよ、と呆《あき》れながら思う。三澄はずっと俺を睨《にら》みつけている。

「あなたと仲良くやっていくつもりはないわよ。その必要もないし」

「同感だよ。目の前に大金を積まれても、きみとは仲良くなれる気がしない」

三澄は不快感を滲《にじ》ませながら目を細めた。

「単位が欲しいだけのくせによく言う」

「単位をくれるのは一石教授だろ？　きみにとやかく言われる筋合いはない」

三澄は威《い》嚇《かく》するように息を吐き出した。

「随分口答えするじゃない。猫被《かぶ》ってたのね。先生の前では大人しかったくせに。そういう人間が一番嫌い」

「よかったよ、きみに好かれる人間には同情するしかない」

「どういう意味よ」

俺は後頭部をかいた。ダメだ。自分の悪いクセが出ている気がする。昔から集団で揉《も》め事が起こるときは大抵当事者になってしまう。普段はそんなに目立つほうではないのに、腹立たしいことがあるとやり過ごすことがどうにもできない。

それに、彼女の言うことにも一理ある。

俺には物理に対する情熱がそれほど残っていない。それは物理学科に入ってからあっけなく鎮火してしまった。今では煙も出ていない。彼女の言うとおり、留年したくない一心でのこのこやってきたわけだ。俺は降参するように両手を上げた。

「やめよう。ここで揉めても意味がない。要求があるなら聞くよ。単位が欲しいだけってのはそのとおりだし。だけどきみも譲歩してくれ。一石教授は俺の指導教官になった。帰れというきみの要求は呑《の》めない」

　そこまで一息に言った。

　三澄はたっぷり俺を睨みつけたあとで口を開いた。

「最初からその話をするつもりだった。言ったでしょう、伝えることが山ほどあるって。それなのにあなたが、わたしの態度がどうとか言い出したからこじれたの、わかってる？」

「あぁ、わかった。そうだ、そうかもしれない」

「かもしれない？」

　一音一音区切るように三澄が言った。

「いや、そうです、あなたの言うとおりです」

　早く終わらせたい、帰りたい。そう思いながら言った。

「万里部くん、だったわよね。あなたは研究に役立とうなんて考えなくていい。先生がなんて言ったか知らないけど、意見を求められても、うんとかすんとか相づちを返せばいいのよ。壁打ちの壁になればそれで充分。学部の卒業資格に値すると思っていいわ」

　ここまでくると逆に感心する。なにか一つ伝えるために憎まれ口が十も二十も飛んでくる。一石教授はなにをどうやって、この子に先生と慕われる立場を築き上げたんだ？

「あなたに期待するたった一つのことは、研究内容を秘匿すること。それだけは守って」

「一石教授にも言われた。そのつもりだったよ。署名までさせられた」

「いいえ。あなたはまだ、口を噤《つぐ》むことがどれだけ重要か理解してない。わたしたちの研究は、内容を知れば誰かに話したくてたまらなくなる」

「きみが思うほど、世の中の人は物理のことばかり考えてるわけじゃないよ」

「あなたみたいな凡人が考えてるよりよっぽど、政治と科学は複雑に絡《から》み合ってるのよ。わたしたちの研究内容が間違った方法で世間に知られれば、個人だけじゃなく国単位で所有権を巡る醜い争いが起こる。絶対に」

　俺は小さく笑った。

「映画みたいな話だ」

「そうね、そのとおりよ。それにわたしは、あなたの言う映画みたいな対処を本気でとる。もしもあなたのせいで研究内容が漏洩《ろうえい》したら——」

　三澄はそこで言葉を切った。突き刺すような視線を俺に向けている。

「……漏洩したら、どうするんだ」

「あなたの社会的信用を失墜させて、過去のあらゆる発言の信憑性《しんぴょうせい》を失わせるよう最大限に努力する。それでもわたしはあなたを一生許せないから、最後にはきっとあなたを殺すわ。本気よ」

三澄は言葉通り真剣に言った。こんなに真剣に殺すと言われたのは初めてだ。

俺はため息をついた。

「わかった。ここで見たこと聞いたことは絶対秘匿、誰にも言わない、どこにも書かない」

「そう。絶対にわたしの邪魔もしない、わたしと先生が議論しているときに割り込んでこない、不用意に視界に入ってきて、集中を妨げない」

「ちょっと待ってくれ、もう要求が増えてる」

三澄はなにも答えず、自分の苛立ちを吐き出すようにため息をついて視線を遠くに向けた。

「なんでよりにもよって、今日なのよ――」

さっきの部屋に戻ると、一石教授は自分のデスクで紙にペンを走らせていた。口に咥えたパイプからは相変わらず、機関車のように煙が上がっている。ペンを止めて顔をあげた一石教授がイタズラっぽい笑みを浮かべる。

「相互理解に至ったかい」

「そんなわけないじゃないですか」

三澄の回答に、一石教授が笑い声を返した。

「じゃあ行こうか」

一石教授は立ち上がった。三澄は小さく深呼吸をしてから小さく「はい」とだけ返事をした。

「あの、どこに？」

俺が聞くと、一石教授が微笑んで答えた。

「未来との通信機を起動しに」


先を歩く二人についていく。一石研のある建物を出てから陸橋を渡り、一棟だけぽつんと建っている高層ビルを回り込むようにカーブする下り坂をおりていく。

不意に一石教授が俺を振り返った。

「田端の秘密を知ってるかい？」

「田端の、秘密……？」

少し考える。まったく心当たりがなかった。そもそも田端についての知識が一つもない。

「田端はね、最後まで停電しない駅の一つなんだよ。ＪＲの総合事務所や社員寮があるから」

　秘密、というよりちょっとした豆知識だった。

「便利ですね」

「そう。便利だ。私たちの実験場所としてもそれなりに要件を満たしている。理想とは言えないけどね。アクセスが良くて、人が少なくて、停電し辛《づら》い。そんな街は田端しかない」

　一石教授はそう言い終えて立ち止まった。どうやら目の前の白い真四角の建物が目的地のようだ。

　建物の入り口で長身の男性が待っていた。誰にも不快感を与えない髪型に、清潔感のあるブラウンのセットアップスーツ。高級な服屋のマネキンに血が通ったような人物だった。

「やぁ」

　男性は春にぴったりの爽《さわ》やかな笑顔を浮かべて言った。

「おはよう」

　一石教授がのんびりと答え、三澄は黙ったままうなずいた。

　男性の視線が俺に向いた。

「きみがアラーム役の学生さんか」

楽しげに笑いながら男性が言った。

「まだ内容は話してないんだ。装置を起動してからと思って」

「あぁ」

男性は一石教授にうなずきを返してから、俺に右手を差し出した。

「二階堂泰志《たいし》です。一石研のお金周りの管理をしてる。あと、世間との窓口役かな」

「万里部です。学部四年の」

そう答えて二階堂と名乗った男性と握手する。

「万里部くんか、よろしく。先生、ＮＤＡに署名はもらいましたか？」

「あぁ、もらったよ」

一石教授はさっきしまった機密保持契約書なる紙を二階堂さんに渡した。二階堂さんは署名を検《あらた》めてから俺に微笑みかけた。

「万里部鉱くん。はは、マリブコークみたいな名前だ」

「あ、そうだそうだ。マリブコーク。それだそれだ」

一石教授が手を叩《たた》きながら言った。

三澄は建物の入り口にあるカメラのレンズに顔を近づけた。小さな赤いランプが緑に変わる。三澄はさっさと中に入っていった。

一石教授は俺に耳打ちするように言った。

「画期的な科学実験をしている場所には見えないだろう？」

そのとおりだった。ＪＲ田端駅の改札を出たときから目についてはいた。なにしろ改札から目と鼻の先だ。それは違和感なく街に馴染《なじ》んでいた。むしろ、街の賑《にぎ》わいのバロメーターにもなっているような、どこにでもある施設だ。俺も建物の存在を認識してはいた。

「パチンコ……？」

「の、跡地だ」

「え、ここでやるんですか。その、大事な実験を？」

一石教授は楽しげにうなずいて中に入っていった。二階堂さんはドアマンのように俺を先に促してくれた。

建物の中にもパチンコ店の名残があった。だだっ広い空間には背中合わせの回転椅子がずらりと並び、その前に空っぽになった台枠だけが残っている。ガラス張りの窓はすべてブラインドで目隠しされていた。

「万が一、中を覗《のぞ》かれてもパチンコ店の跡地にしか見えないだろ？　電子機器はここに」

入り口の左手すぐにあるナンバーロック式の小型ロッカーを指差して一石教授が言った。言われたとおりにスマートフォンを入れる。

その横には縦長のロッカーがいくつか並んでいた。ロングコートがそのまま掛けられる衣服用ロッカーだ。このロッカーもパチンコ店の名残だろうか。

「万里部くん、上着持ってないよね」

一石教授はそう言いながらロッカーの一つを開き、フリース素材の上着を取り出した。

「下は結構冷える。着ておいたほうがいいよ」

三澄も二階堂さんも、自分用と思われるロッカーから上着を取り出して羽織ってから地下に向かっていった。

階段をおりると確かに寒かった。秋の屋外のようだ。

半地下になっているフロアは全面、光沢のある白い素材になっていて、大きな装置がたくさん並んでいる。

グリッド線がひかれた空間の真ん中には透明な細い柱が立っている。俺の目線と同じくらいの高さだった。先端まで同じ太さのつららが床から生えているようだ。その円柱の周囲を、それよりも少し低い四つの金属の板が取り囲んでいる。分厚い板にはそれぞれ規則正しく無数の穴が空いていて、一つ一つの裏から二本の配線が伸びていた。

「これが――」

未来との通信機、と言っていたか。

「金属板の穴はレーザーの射出口だ。高出力のレーザーダイオードモジュールが埋め込んである。合計で一万個のレーザーダイオードモジュールだ。起動すると、全《すべ》てのモジュールが中央のガラスの円柱をめがけてレーザー光線を射出し、それが光のリングを作る。非常に小さなリングだ。それを縦に積み重ねて光の筒を作ると、閉じた時間のループが生まれる。現在と未来の時間軸がつながるんだ。こんなに寒いのは装置の熱を冷ますため」

一石教授は詩でも読んでいるみたいに言った。

「生きているうちに見られるとは思ってなかった。さすがだね、翠《すい》」

二階堂さんが装置を眺めながら言った。

「感傷に浸るのは早いわよ泰兄。起動はこれから」

三澄は二階堂さんを、たいにいと呼んだ。泰志兄さんで、たいにいか。

一石教授がポンと手を叩いた。

「あぁそれからもうひとつ。このフロアは禁煙だ、残念ながら。レーザーの調整が狂うからね」

「万里部くん、煙草吸うの？」

二階堂さんの質問に首を振る。

「じゃあ喫煙者は先生だけですよ」

二階堂さんが笑って言った。一石教授は白髪を撫《な》でながら、参ったね、と呟いた。

三澄はモニターの付いたコンピュータの前に座ってキーボードを叩いている。

「検証用乱数送付設定、受信者生体認証設定も完了してます。いつでもいけますよ、先生」

「もったいぶることもないか、起動してみよう」

三澄はうなずいてキーを叩こうとして、動きを止めてから言った。

「起動のキーは先生が」

「なにを言ってるんだ。最大の功労者は三澄くんだよ。私の仕事道具は紙とペンだ。これはきみの仕事だよ」

一石教授の言葉に二階堂さんもうなずく。

三澄は照れくさそうに微笑んだ。

彼女の怒りが少しだけ――本当に少しだけ理解できた。この地下フロアにある大がかりな装置の建設に、一体どれだけの労力と時間がかかっただろう。だいたい、なにをどうすれば駅前のパチンコ店の跡地を買い取れるんだ？　想像のしようもない労力の果て、結実の日にひょっこり現れたのが、俺というわけか。

一石教授がレーザーに囲まれたガラスの円柱にゆっくりと歩み寄っていき、グリッド線の手前で止まった。

三澄は胸に手を当てながら一度だけ深呼吸をして、キーを叩いた。その動きに合わせてすべてのレーザーが緑色の光線を放ち、細長いガラス管に吸いこまれていった。

全方向からの光線を受け止めたガラス管は、緑色の太陽のように強力な光を放っている。細長い太陽だ。非日常的な光景だった。

「レーザーは何度見ても美しいな。美しいし、恐ろしい。こんなにも神秘的な領域に、人間が踏み込んでいいんだろうかね」

一石教授は誰にともなくつぶやいていた。

「先生！」

三澄の言葉に一石教授が振り返り、子供のような笑みを浮かべた。

「きたかな」

「はい、三十秒後の乱数が、一石教授宛《あて》に」

「どれ――」

一石教授は三澄の隣にあるデスクに座り、俺のことを手招きした。俺と二階堂さんは一石教授の後ろに立ってディスプレイを覗きこんだ。

「ここにカメラがあるだろう。この高精細カメラは網膜認証のセンサーになっている。未来からのメッセージは、未来から指定された人物しか開けない。建物の入り口も、同じ仕組みの網膜センサーだよ」

「先生、説明はあとで」

「うん」

画面にその高精細カメラの映像が映し出される、四角いフォーカスが自動的に一石教授の瞳《ひとみ》に重なった。即座に「認証完了」と表示される。一石教授が嬉《うれ》しそうに俺を振り返る。

「コンマ二秒での認証。ソフトウェアもハードウェアも三澄くんの設計だ」

一石教授は我が子を自慢する親のような笑みを俺に向けた。

そのあとに表示されたのは、見慣れたチャットツールによく似た画面だった。デザインは味気ない。たった一つだけ表示されているメッセージには、コンピュータのタイムスタンプと、数えきれない桁数《けたすう》のランダムな文字列が並んでいた。それを指差しながら、一石教授が言う。

「これは、指定した時刻に計算機がランダムで吐き出す文字列。今から八兆年間、同じ文字列を吐き出すことは絶対にない。それが、この装置を起動した三十秒後のタイムスタンプと一緒に未来から自動送信されてきた」

三澄は隣から画面を覗きこみ、それを恐ろしいスピードでタイプしながら言った。

「つまり、この文字列とタイムスタンプが一致していれば、未来から送信されたメッセージを受信できたってこと。この文字列はタイムスタンプに対して絶対に一意だから」

パチンとエンターを叩き、表示を確認した三澄は、無邪気な笑みを一石教授に向けた。

「一致、してます」

一石教授も満足げなうなずきを三澄に返した。

「今日が時間を超えた通信技術の起点日、ビッグバンの日だ。今、何件きてる？」

「二千件弱、一番遠いタイムスタンプは二〇五四年」

三澄の答えに、俺は思わず声を上げた。

「二千件？　この一瞬で？」

一石教授がまた俺を振り返った。

「この装置が起動し続けている限り、今日という起点日にメッセージを送ることができる。今この時刻から、すでに過去になっている起動した瞬間に送ることもできるし、明日から今この時刻に送ることもできるんだよ。想像しづらいかも知れないが。その状況がおよそ三十年間続いて起点日に送られたのが二千件。これは検証行為の範囲内と言える。どうやらこの装置は正しく管理されるみたいだ。万里部くんの参加で研究内容が漏洩しないことが、今証明された」

一石教授の言葉通り、状況は俺の理解を遥《はる》かに超えていた。一石教授は俺に向けていた視線を三澄に戻して言った。

「そうだろう三澄くん。万里部くんは秘密を守ってくれるんだよ」

「かもしれないですね」

「他にもここから立てられる仮説はあるね。おそらくこの装置は二〇五四年に役目を終えるんだろう。次世代の装置に役割を引き継ぐのか、あるいは人類が手放すことにしたのか、今は知る由《よし》もない」

「二〇五四年――」

三十年後。俺は五十二歳、か。まったく想像できないな。

「わたしと泰兄のアカウントにも動作確認用のメッセージが届いてるはず」

三澄はそう言って、今度は自分の網膜を認証して別のメッセージリストを表示し、さっきと同じように長い乱数を別の端末に打ち直した。それも完全に一致していたらしい。

「泰兄も」

「うん」

二階堂さんが前屈《まえかが》みになってカメラに視線を向ける。

三澄が検証している間に一石教授が俺を振り返って言った。

「基本的に一人一アカウント。生体認証で過去の受信者を指定する仕組みだ」

「あなたの網膜も登録するから、カメラの前に座って。入り口の認証に使うのと、なにかのときの保険」

三澄はディスプレイを見つめたまま無感情に言ってから俺を振り返った。

「保険？」

思わず聞き返した。

「警察が指紋を採るようなものよ」

「……そう言われると複雑だな」

「例えよ。わたしの管理のほうが遥かにセキュリティーレベルは高い、一緒にはしないで」

一石教授は笑いながら立ち上がった。入れ替わって俺がそこに座る。三澄がなにかのキーを叩き、画面がまたカメラの映像に切り替わった。さっきと同じように、俺の瞳に四角いフォーカスが重なる。

「はい終わり」

すぐに三澄が言った。

「もう？」

三澄はなにも答えなかった。

「入り口のシステムにも万里部くんのアカウントを登録しておくよ。翠、あとでそのデータをくれ」

二階堂さんが横から言った。

「どうぞ」

と、三澄は小さなUSBメモリをコンピュータから引き抜いて二階堂さんに渡した。

「流石《さすが》の速さだ」

二階堂さんが笑いながら受け取り、一階への階段を上がっていった。

一石教授がもう一度、発光しているレーザー装置に歩み寄っていく。三澄も立ち上がり、一石教授の隣に立った。俺は座ったまま二人の背中を眺めた。

「我々宛のメッセージがないのも喜ばしいね。未来の私たちは誘惑に打ち勝って、私的にこの装置を使うことはなかったんだ」

「はい。運営と管理を委任する組織編成は今のままで最適な可能性が高いです」

「あとは――いよいよ時間の重なりに伴う可能性の揺らぎの検証だ。世界の仕組みを解明するヒントが一気に増えた」

一石教授はしばらくレーザー光線を眺めてから俺のほうを振り返った。イタズラっぽい笑みが口元に浮かんでいる。

「未来とのやりとりができる装置。リングレーザー通信機。どうだい、夢のようだろう」

どう返事すればいいかわからず、曖昧《あいまい》なうなずきだけを返した。

「納得していなさそうだね。せっかくだから原理を説明しよう」

そう言って一石教授は、部屋の端にあったキャスター付きのホワイトボードをガラガラと引っ張ってきた。二階堂さんも一階から戻ってきて、ホワイトボードの前に椅子を持ってきて座った。三澄があてつけのように大きなため息をついた。

「人類の無謀な願いはいくつもあるが、タイムマシンの開発もその一つだろう。それが今叶《かな》ったんだ。ただし、このリングレーザー通信機は映画や小説で描かれてきた装置と比べると大分見劣りはする。例えば――」

一石教授は青いマーカーのキャップを外してレーザーの中心を指しながら続けた。

「人やものを過去に送りこむことはできない。今のところね。技術が進歩すれば物質の転送も可能となるかもしれないが」

「えっ」

思わず声が漏れた。一石教授がにっこりと微笑む。どうやら俺の指摘を待っているらしい。俺の脳裏には、起動した瞬間に一斉に届いたメッセージ二千件という数値が浮かんでいた。

「じゃあ、この場所に未来の物質だか人だかがポンポン送られてくる可能性もあるってことですか？」

「実にいい質問だ」

一石教授はマーカーを指揮者のようにくるりと回してみせた。

「結論から言うとそうはならない。何故《なぜ》か。答えは、この装置の原理から実に簡単に導き出される」

一石教授はそこでホワイトボードに数式を書いた。見覚えはない。大学の試験は全部一夜漬けのその場しのぎで乗り切ってきた。今の俺の知識は理系学生とは言えない水準にまで落ち込んでいる。書き終わった数式をじっと眺めている間、三澄の凄《すさ》まじいスピードのタイプ音が響いていた。

「これはアインシュタインが物理学界に残してくれた美しい方程式の一つ。一番有名なものではないけどね。重力場方程式と呼ばれている。実はこの方程式には、物理的な意味を持つ厳密解が数えるほどしか存在していない」

「時間の無駄ですよ先生、もっと単純化したほうがいい」

三澄が呆れたように言った。

実際、そのとおりだった。なにがなにやらサッパリわからない。

「じゃあ、単純に言うと——最近見つかった厳密解が、閉じた時間のループを生み出すことがわかった」

「閉じた時間の、ループ」

「そう。それはイメージできるだろう」

一石教授はぐるりと円を書いて、指でそこを辿《たど》った。

「ここが、過去で、ちょっと進んで現在、更に進めば未来になるが——その先にまた、過去がくる。これが閉じた時間のループ。これを生み出す状況が見つかった。発見者はアメリカのロナルド・L・マレット博士だ。素晴らしい功績だよ。実際、彼はタイムマシンの設計図で特許を申請してもいる」

　俺は思わず目を見開いた。

「特許？　そんな、突飛なものに？」

「飲み込みが悪いわねあなたは」

　三澄がうんざりしたようにため息をつく。

　二階堂さんが苦笑いを浮かべて助け船を出してくれた。

「突飛じゃないからこそ、特許申請に進んだと考えればいい」

　一石教授がうなずいて続ける。

「そう、マレット博士の設計図は夢物語ではなく、科学的な理論に基づいたタイムマシンの設計図だった。我々はそれに、内部の重力場を飛躍的に増幅させる独自理論を組み合わせてこの装置を完成させた。だが創作世界の万能タイムマシンのようにはいかない。この装置の最大の特徴は二つ。装置を起動した瞬間までしか時間遡行《そこう》できないこと。そして、装置を起動し続けていないといけないこと」

「だから今日が起点日となるのよ。今日以降の人類は、起動時まで遡《さかのぼ》ってメッセージを送ることができる。ただし、今日に送れるのはテキストデータのみ。何故か？　ここまでお膳立《ぜんだ》てすればあなたにもわかるでしょう」

一石教授に比べて三倍早口だった三澄の言葉を反芻《はんすう》する。

この装置は過去と未来をつなげるものであり、どこまでも遡れるわけではなく、起点となるのは装置を起動した瞬間、つまり今日。

「今日のこの装置にテキストデータの受信機能しかないから、未来からもテキストデータしかこない……？」

「ご名答」

一石教授が穏やかに言った。

「ついでに、三澄くんはさらに容量の大きいデータの転送を可能にしようと、鋭意作業中」

なるほど、三澄の高速タイピングの目的はわかった。

三澄はタイピングの手を止めずに口を開いた。

「現実的な補足をすると、わたしの生きているうちに生体の転送なんてどう転んでも無理。その前段階で生体の量子化と再構築が必須になる。そんな技術は当分実現しそうもない」

三澄の言葉に、一石教授が楽しげにうなる。

「それはどうかな。この装置を運用することで得られるデータは、その見込みに入っているかい？」

「不確定要素は入れずに考えてますよ、もちろん」

「今日くらい夢を見よう。なんと言っても新たなビッグバンの日なんだ」

一石教授がニッコリと笑い、三澄もキーボードを叩く手を止めて大人びた微笑みを一石教授に返した。

おそるおそる手を上げて発言する。

「データ容量が増えるってことは、例えば画像とか映像とかが送れるようになるってこと……ですか」

「そのとおり」

答えてくれたのは一石教授だった。三澄はもうタイピングに戻っている。

「ただし、受け取れるのは三澄くんの開発が完了したその日だ。だから彼女は毎日熱心に作業を続けている。勤勉だろう。さて――」

一石教授はくたびれたスラックスのポケットから革ベルトの腕時計を取り出して眺めた。

「一度、第一研究室に戻らないと」

「万里部くんはちょっといいかな。ここできみに頼みたいことの説明と、その正式な契約を結んでおきたい」

二階堂さんが立ち上がって言った。

「契約、ですか」

慣れない言葉に戸惑うと、二階堂さんは優しげに笑った。

「ちゃんと説明するから大丈夫だよ。機密性の高い研究だから口約束だけだとちょっと困るんだ。一階で話そう」

「そうか、先にその話をしたほうがいいか。じゃあ私は第一研究室で待ってるよ。さっきの部屋だ」

一石教授はそう言って一階に上がっていった。俺と二階堂さんもそれに続く。ロッカーに上着を戻してから入り口で一石教授を見送る。そのあと、二階堂さんは一階を案内してくれた。天井が高く、パチンコ店の名残を再利用して一人分のデスクとソファが置かれた不思議な空間だった。デスクの上には半田ごてやニッパーなどの電子工作用の工具が一通りあり、すぐそばに大量のダンボールが積み重ねられていた。

「万里部くんにはここで作業してもらうことになる」

二階堂さんがそう言った。一石教授もさっき俺の電子回路実習の成績が良かったことに触れていた。

「地下のレーザーダイオードのユニットは、翠が設計した回路とありもののレーザーダイオードを組み合わせて作っている。機密保持のために部品ごとに発注してここで組み立てているんだ。一万のレーザーの常時稼《か》動《どう》だと、仮に一日の故障率が〇・〇一パーセントでも一つに不具合が出ることになる。その代替部品を組み立ててもらいたい。運営保守のサポートと考えてくれればいいかな」

「そんなに機密性が高いのに、俺みたいな学生でいいんですか」

「公平性を重んじるんだろ、万里部くん。それはつまり、不正を嫌うということだ」

　二階堂さんが爽やかに笑う。

「もちろん他にも適任はいるけど……、翠のため、なのかな、たぶん。年の近い子と知り合う機会が今はないからね。まぁ真意は先生のみぞ知る」

　そのまま二階堂さんは、業務委託契約書なる書類の説明をしてくれた。これも一つ目の契約書と同じく書き味こそ堅苦しいものの、ようは大学のカリキュラムの一部として電子回路工作の実務を行う、という主旨のものだった。

「契約が会社名義なのは、工学分野の成果を一石教授に帰属させるための法的なテクニックだ。権利という概念のない理論分野ではしっかり大学に貢献してる。利益相反はない。ちなみに翠は一石教授の会社の役員という扱いになっている」

「じゃあ、二階堂さんも？」

「僕は自分の会社を持っている。投資会社だ。この研究の運転資金もそこで集めている。と言っても、一石教授のパトロンたちの窓口役だけどね。世界中にファンのいる人なんだよ、表にはほとんど出てこないけど」

二階堂さんの言葉に違和感を覚えた。

「ほとんど表に出ない人に、パトロンですか」

二階堂さんは片方の眉を上げた。

「からくり、というほどのものでもないんだけどね。一石教授は昔、特殊な教育施設を私費で運営していた。俗世的な言い方をすれば天才教育。国籍も年齢も様々な世界中の天才が集まっていた。パトロンたちも、僕も、翠もその施設の出身だ。だから一石教授を先生と呼ぶ。先生は幼い僕たちを孤独から救ってくれた」

俺のような凡人には現実感の湧《わ》かない話に曖昧なうなずきを返すと、二階堂さんが自《じ》嘲《ちょう》気味に笑った。まったく嫌味のない自嘲だった。

「その中でも翠の能力は飛び抜けていた。彼女がきたとき、僕はもう卒業生だったけど、これには敵《かな》わないと思ったよ。それで理論物理から足を洗って金融の領域で会社を作った。翠や先生は一分野の大天才だけど、僕は幅広い分野の秀才というところかな。人材としての希少性は一気に下がるけどね」

「俺からすれば、三人とも別世界の住人に見えます」

そもそも、自分で秀才と言い切れるのが結構すごい。

二階堂さんはさり気なく腕時計に視線を落とした。

「そろそろ行くよ。なにかあったらいつでも連絡してくれ」

二階堂さんは名刺を俺にくれて、アディオス、とでもアフレコしたくなるような仕草で手をあげて第二研究室をあとにした。

　パチンコ店の跡地から第一研究室までは五分で着いた。まさに目と鼻の先だ。

　一石教授は自分のデスクでパイプを燻《くゆ》らせていた。漂う煙からはバニラを焦《こ》がしたような不思議な甘い匂《にお》いがした。その煙越しに、一石教授はニヤリと微笑んだ。

「手続きは済んだかな？」

「はい。昔の話も少し聞きました」

　一石教授がパイプを咥えたままうなずく。

「二階堂くんはね、背が伸びるのが遅かったんだ。だから年下の子たちがみんな泰兄と呼んだ。tinyにかけてるんだよ。チビの泰兄。子供の発想は面白いね。それがいつの間にか、あんなにハンサムになっていた」

　一石教授は低い声で笑い、咥えていたパイプを机の上に置いて俺に向き直った。

「さて、万里部くんに頼みたいことはもう一つある。どちらかと言えばこっちが本命。交換用ユニットの組み立ては言いわけみたいなものだ、大学にも工学実習カリキュラムと伝えられるからね」

「はぁ……」

一石教授は俺をじっと見つめている。もったいぶっているのだろうか。

「きみには、アラームになってもらいたい」

「アラーム？」

「うん。アラムくんになってもらいたい、ナンチャッテ」

そう言って一石教授はまた低く笑った。どうやら彼なりのダジャレのようなものらしい。万里部とアラム、文字数以外の要素がかすりもしていないのが残念でならない。

「なんのアラーム、ですか？」

「三澄くんの集中力、すごいだろう。だけど完璧《かんぺき》な人間なんていない。三澄くんの場合はオンとオフの差が激しい。まさに断崖《だんがい》絶壁だ」

「はぁ」

我ながら気の抜けた返事だった。一石教授はテーブルの一番上の引き出しから小さなリング付きの鍵《かぎ》を取り出した。

「これは万里部くんの分の合鍵」

「あ、この部屋のですか？」

一石教授がゆっくり首を振り、同じ引き出しから今度はＡ４用紙を取り出した。ウェブ上のマップを印刷したものだった。

「この場所の鍵だ。駅を挟んで反対側、七階建ての七階、七〇三号室」

確かに、マップのピンが指している場所は田端周辺のマンションだった。

「……第三、研究室、ですか？」

「まぁ、そうとも言う」

「そこでなにをすれば」

「寝てる三澄くんを叩き起こしてここに連れてくる。あらゆる手を使って」

中途半端に口を開いたままの俺を楽しげに眺めながら、一石教授はパイプ煙草の煙を口から吐き出した。

もう一度マップを見下ろす。マンション名にはオーナーと思《おぼ》しき苗字《みょうじ》が冠されている。明らかに住居用の建物だ。

「もしかしてこれ……、あの三澄とかいう子の部屋ですか」

「うん」

「……合鍵を使って、家主が寝ている間に部屋に入って叩き起こして、引きずってでもここまで連れてこいと？」

「そういうこと」

「そんなムチャクチャな！」

「大丈夫、本人にも伝えてある」

呆然《ぼうぜん》とした。

一石研に学生がくることに激怒していたのに、自分の部屋に知らない人間がきても平気でいられるのか？　そんな人間がこの世にいるか？　どういう価値観で生きているんだ。

「三澄くんは時間を気にせず研究に没頭できる、万里部くんは卒業研究の単位がもらえる」

一石教授は口を閉じてにんまりと笑った。

「それなら最初から、女性のお手伝いさんでも雇えばいいでしょう」

「いや、万里部くんが適任だよ。受けなくても単位がもらえる試験を、決まっていたことがなくなるのが気持ち悪いという理由で受けてしまうんだ。おまけに手先も器用で、電子回路の実習の成績は抜群。三澄くんと年も近い。互いに刺激になるかもしれないだろう」

「刺激って――あの子とはたぶん、気が合わないですよ」

「気が合わない人間との付き合いから学ぶこともある」

なんだかいいように言いくるめられている気もする。

俺の不審げな視線を、一石教授は飄々《ひょうひょう》とした笑顔で受け止めていた。

「今日万里部くんが立ち合った起動実験。理論物理学の最先端領域の具現化。リングレーザー通信機。あれにはとんでもないお金がかかっている。二階堂くんが必死で色んな人からありったけのお金を集めてきてくれて、やっと完成にこぎ着けた」

「まぁ、お金がかかるのは俺にもわかります」

一石教授がうなずいて続ける。

「今日まで三澄くんには時間的拘束がほとんどなかった。彼女はあのとおり勤勉だし、能力も抜群に高い」

とりあえず最後まで聞いてみよう。

「でも明日からはそうも言っていられない。毎朝十時の定例会議。金主たちに対してリングレーザー通信機の起動状況と公的な運用を守っている旨《むね》を報告しないといけなくなった」

「パトロンのような人たちだって、二階堂さんからは聞きましたけど」

「うん。でも、どんなに親しい仲にも礼儀はある。技術責任者を定例会議に参加させるのもその一環だ。そこで考えたのがアラーム役の導入。ちょうど、大学の仕事も少しはして欲しいと言われてたし、万里部くんも卒業したいわけだし」

「そうですけど……」

「三澄くんには年の近い人間との関わりがまったくないんだ。自分と正反対ともいえる万里部くんのような人との付き合いに、無自覚に飢えている。今は変化に怯《おび》えているかもしれないけど」

　そんな風にはとても見えなかった。同年代との会話に飢えていたようにも、怯えていたようにも思えない。

「万里部くんにお願いしたいのは、天才を毎朝ここに連れてくる仕事。別に天才になって欲しいと言ってるわけじゃないよ。むしろ万里部くんはそのままでいてくれたほうがいい。どうだろう？」

「どうだろうって言われても……」

「通年の卒業論文は、こっちでそれっぽいテーマを選定して、万里部くんに負荷はほとんどかけずに仕上げまで手伝うよ。その代わり、ズボラな天才少女のアラームになって欲しい。まずは今週だけでもやってみてよ」

「本人は了承してるんですよね」

「あぁ。不安なら確認してみるといい。まだ第二研究室で仕事してると思うよ。ユニットの組み方についても聞いてみるといい」

　そのとき、一石教授の散らかった机に埋もれていたノートパソコンから通知音がした。

「時間だ。頼んだよ万里部くん。定例会議はここで、明日の十時から」

　一石教授はパイプを咥えたまま俺に手を振り、イヤホンをつけてノートパソコンにむかって喋《しゃべ》り始めた。

五階分の階段を降り、再び田端の街に出る。日が傾き始めていた。スマートフォンで確認すると十六時前。そろそろバイトに向かう時間だった。

一石教授は、どうもなかなか老獪《ろうかい》な気がする。初対面なのに俺の扱い方を熟知しているようだった。現に、結局俺は渡された鍵とマップを律儀《りちぎ》に持ち帰って、第二研究室に向かっている。一石教授に無茶振りされたアラーム役というタスクを既に遂行しつつあるわけだ。

部屋の合鍵を渡されたこと、そして明日からアラーム代わりに叩き起こしに行くこと――それを本人に伝えず、合意もないまま部屋に上がり込む度胸はない。

三澄のいる第二研究室に向かいながら乗り換え案内を調べる。電車の時間までは、余裕を見ても十五分ある。

幸い、第二研究室は改札の目の前だ。

バイトの前に自分の口からも伝えておこう。

心配性で潔癖症。

つくづく、損な性格だ。

第二研究室の入り口の網膜認証にはすでに俺のデータも登録されていた。おそらく、結構高度なことを三澄は難なくこなしている。

建物に入り、ロッカーに電子機器を突っ込んで上着を羽織ってから地下に向かった。

「あれ……？」

真っ白な部屋は無人だった。

合計で一万ものレーザー光線は変わらずグリッド線の中央に配置されたガラス管に緑色の光線を放っている。

さっきまで三澄が座っていた管理端末らしきものの前には、三澄の荷物が散乱していた。投げ出された鞄《かばん》からはコンビニで売っている麦チョコのパッケージがはみ出している。

「トイレ、か……？」

二つあるキャスター付きの椅子に腰掛けたとき、コンピュータのディスプレイに変化があった。なにかのアラート画面が出ている。

座ったまま椅子のキャスターを転がして画面に近づいた。二つ横並びになっている画面の一つに俺の顔が表示される。自動的に網膜認証が走り、アラートが消えた。

「なんだ……？」

画面が切り替わり、なにやらテキストが表示される。一石教授宛に届いた乱数ではなく、文章が表示されていた。

『三澄翠とは関わるな』

「……なんだ、これ……？」

薄気味悪いというのが第一印象で、その次に浮かんできたのは、恐らく三澄の嫌がらせだろうという仮説だった。

俺によほど腹が立った、というところだろうか。しかし、喋っているときの印象とは裏腹に、意外に陰湿なやり方をする。

「あれ……」

そんなことを考えていると表示されたメッセージは消え、元の画面に戻った。

「なんだったんだ、今の……」

そう呟くと、またアラート画面が表示された。

届いたメッセージは、未来から指定された人物しか開けないと一石教授は言っていた。

視線を二枚目のディスプレイに向ける。網膜認証が通った。

届いたのはやはり、乱数ではなく文章だった。

今度のメッセージには、さっきのものよりも情報が多く表示されていた。

タイムスタンプは二〇三一年。

認証後は自動的にチャット画面に切り替わった。そこには確かに、俺宛のメッセージが届いていた。

『三澄です。二十二歳の万里部くん、はじめまして。あなたにとって〝今日〟のわたしのことは大目に見てあげてね。幼かった自覚はあります』

「なんだ、これ……？」

　メッセージはまだ続いている。

『あなたに頼みたいことがある。あなたにしか頼めないことです。可能な限り早く、わたしに恋をさせてほしいの。方法はわたしが教えます。わたしは七年後の三澄翠です。未来の本人のアドバイス。こんなに的確な情報なんてないでしょう？』

「なにがしたいんだよ、あいつは……」

　最後の一文はこうだ。

『わたしとあなたが恋をしないと、世界は終わる』

第二章　世界を守るアラーム

II

俺のほうのメッセージボックスでカーソルが点滅している。入力を受け付けているということだろうか。

『世界は終わる』

その六文字を見つめる。

真面目《まじめ》に取り合うほうが馬鹿だろうか。

そもそもこれは本当に、未来からのメッセージだろうか。とびきり悪趣味な変人たちの、手の込んだ嫌がらせかもしれない。

周囲を見渡す。真四角の天井の隅にカメラがあった。

……バカバカしい。一杯食わされているわけだ。

俺はキーボードを叩《たた》いた。

『それは大変だ。七年後のことを教えてください。それを聞いてから考えます』

文章を打ちながら小さく笑った。どう返してくるか。エンターを押したその瞬間に、三澄からの返答があった。

『こちらのことは教えられない。でもあなたの中に渦巻いている疑惑は解消する。イタズラなんじゃないか、監視カメラ越しに、わたしが笑っているんじゃないか、そう考えていたって、あなたはわたしに言った。だから七年後のことよりも有用な情報を教える』

ノータイム、体感では送信と同時に届いた返答なのに、俺から送った内容にちゃんと触れている。どういう仕組みだろうか。

文章はまだ続いている。

『明日のちょっとしたニュース。千葉県勝浦《かつうら》市で観測史上初の猛暑日が記録される。四月に最高気温三五・一度。異常な数値よ。千嶋《ちしま》くんに賭《か》けでも持ちかければちょっとした小遣い稼ぎになるだろうけど、常識の範囲内で』

さすがに驚いた。千嶋は同じレストランで働くバイト仲間で、中学以来の友人だ。なぜ三澄が千嶋のことを知っている？　同じ大学の同級生ならともかく、バイト先の友人である千嶋のことを。それに——

「勝浦……？」

俺にとっては馴染みのない地名だった。調べようにも手元にはスマートフォンがない。質問を重ねようとしてキーボードに手をかざしたときに異変に気づいた。

「あれ？」

今まで表示されていたテキストが消えている。空っぽのチャット画面が表示されているだけだ。

「なんで……」

思わずつぶやきが漏れた。マウスを操作して画面をスクロールしてみてもメッセージは見当たらない。

「この画面に表示されてた、よな……？」

しばらく端末を操作してみたが、やはり見つからなかった。

ここまでが三澄の仕組んだことなのだろうか。しばらく呆然《ぼうぜん》と画面を眺めていると階段から足音が聞こえてきた。

振り返ると、三澄は不審感に満ちた表情を浮かべながら小走りで駆け寄ってきた。

「ちょっと、なにしてるのよ」

有無を言わさずに俺を端末の前から引き剝《は》がし、画面の表示を確認する。

「のんびりトイレもいけないじゃない。だから嫌だったのよ……」

苦々しげに呟《つぶや》きながら、真っ黒な背景に白字で表示されているアプリケーションの文字列を囓《かじ》り付くように確認している。やがて小さなため息が聞こえた。三澄は椅子《いす》を回転させて体ごと俺に向き直り、勝ち誇った笑みを浮かべた。

「言っとくけど、安定起動は絶対に乱れない。鉄壁よ、断言できる。あなたがどう操作したってこの装置はビクともしないわよ」

「それを監視カメラ越しに見て笑ってたんだろ。伏線が回収できて満足か？　こんな回りくどいやり方しなくてもいいだろ。嫌ならそう言えよ」

　三澄が目を細めた。

「なんの話をしてるのよ」

「アラーム役の話だよ。聞いてるんだろ」

　三澄は真顔で首をかしげた。

「なによそれ」

　俺はポケットに入っていた鍵《かぎ》を掲げながら言った。

「明日の朝、きみの住んでる家まで叩き起こしに行くって話」

「あぁ、確実なアラームがどうとかいう話ね。そう、あなたが起こしにくるの。じゃあまた明日」

　三澄はそう言って端末に向き直り、キーボードを叩き始めた。

　思っていた反応と全然違う。しばし戸惑ってから、やっと声を出した。

「お、おい」

「なによ」

三澄は画面から目を逸らさずに答えた。

「なんだよ、また明日って。どういう意味だよ」

「あなたが明日、わたしの部屋にくるんでしょう。わたしを叩き起こしに」

「……きみはそれでいいのか」

「先生が決めたんでしょう？　午前中の会議に遅れないための現実的な解決策として」

「そうだけど――」

「じゃあこれ以上なにを話す必要があるのよ」

俺は黙った。

つまりこれで、本人の了承がとれたってことか？

「また明日」

「あ、あと――」

「なによ、まだあるの」

「ユニット？　の作り方を聞けって」

「マニュアルを用意しておく。持ち出し禁止、データでも送らない。できたら一階のデスクにおいておく」

「お、おう……」

呆然と、三澄の視線の先にあるディスプレイを眺める。画面の端のデジタル時計によれば十六時十七分。今日のシフトは十七時からだ。そろそろ出ないと間に合わない。

俺は三澄になにも言葉をかけずに立ち上がった。

たぶん、三澄は俺より年下だ。おそらく十代の女子が、アラーム役なんてものに抵抗を感じないのか？

自分の部屋に、今日会ったばかりの男が起こしにくるのに？

もしかして俺のほうがズレているのか？

わけがわからなくなり、段々遠のいていく三澄のタイプ音を聞きながら階段を上がった。


確かに田端は便利だった。山手線の駅ならどこでも三十二分以内に行けるらしい。

新宿には二十分弱で着いた。南改札を出て甲州街道を歩き、バイト先のレストランに向かう。道すがら、ずっとあのメッセージのことを考えていた。

なぜメッセージは消えてしまったのだろうか。やりとりのログも消えているように見えた。そんなこと、あの通信機を作った本人である三澄以外にできるものだろうか。

ぼんやり歩いているとバイト先に着いた。

オープンテラスの席に客はいない。ガラス越しの店内に、お茶をしている女性四人組が見えた。今日はディナーも落ち着いていそうだ。店の正面を素通りして、建物の裏手からスタッフ用のロッカールームに入る。トマト缶やオリーブオイルのストックが並ぶ倉庫も兼ねた狭いロッカールームで、千嶋はスマートフォンをいじりながら煙草《たばこ》を吸っていた。正方形の小さな机には、灰皿と空になったパスタの皿がある。

「おう、おはよ」

煙草を挟んだ右手を上げながら千嶋が言った。

「おう」

生返事をして、自分のロッカーに鞄《かばん》を突っ込み、仕事着に着替える。ホールスタッフの俺の仕事着は、ワイシャツに黒のスラックスと前掛け。ピザ場と洗い場を担当している千嶋は、白い厚手のコックコートを着ている。この職場の男性スタッフで煙草を吸わないのは俺だけだ。千嶋もバイトを始めてから煙草を吸うようになった。学校を卒業して千嶋がフリーターになったタイミングだった気がする。二人の環境は少しずつ変わっていったが関係性はまったく変わっていない。

俺は千嶋の向かいに座ってから言った。

「なぁ、勝浦って知ってる？」

「勝浦？　担々麺《たんたんめん》の？」

「担々麺？」

「しょう油ベースの担々麺のとこだよな？　千葉の」

どうやら千嶋のほうが、俺より勝浦について詳しいらしい。

「避暑地なんだよな、勝浦って」

山手線の中で調べた付け焼き刃の情報を伝えると、千嶋は手元から上がる煙に目を細めながらスマートフォンを操作した。

「本当だ。涼しいんだ、勝浦って」

大して興味もなさそうに千嶋が言った。

「百年以上、猛暑日がきてないらしい」

「ほーん、それもウィキペディアに書いてあるね。なに、旅行でも行くの？」

「いや」

そう答えると、千嶋は小さく首をかしげた。

「勝浦がどしたのよ」

「明日さ、勝浦に猛暑日くると思うか？」

千嶋の動きが止まり、妙な沈黙が流れる。

「百年きてないのに？」

「うん」

「明日、猛暑日が？　百年振りに？」

「そうなるな」

「……四月に？」

「うん」

「こねぇだろ」

呆《あき》れたように笑いながら千嶋は言った。

「だよなぁ」

俺は後頭部をかきながら千嶋に同調して、話題を変えることにした。

「今日も暇そうだな。今一組しかいないよ」

「ははは」

千嶋が煙草をもみ消しながら乾いた笑いを返してきた。

「なんだよ」

千嶋は楽しげに人差し指を立てた。

「忙しいほうに一票。コーヒー賭けてもいいぞ」

千嶋の言うとおりだった。十八時過ぎから店は満席になり、ラストオーダーまで客足は途絶えなかった。久し振りに待機客用の椅子も出すことになった。

もともと二人だったホールスタッフでは手がまわりきらず、渋谷の女子大に通う百瀬《ももせ》さんも電話で呼び出し、締め作業は千嶋と百瀬さんと三人ですることになった。閉店時間のあとに待っていたのは大量の洗い物と後片付けだ。

洗い場の千嶋が洗ったグラスやカップを、俺が拭《ふ》いて棚に戻していく。黙々と作業していると、百瀬さんが声をかけてきた。

「わぁ……、相変わらずマリブの拭いたグラスはピッカピカだね。どうやってんのこれ」

「どうって、普通に拭いてるだけだよ」

「普通に拭いてもこうはならんて。ちょい手加減してよ。わたしが拭いたグラスが汚く見えるから、逆に」

「百瀬さんのグラスも拭き直したから大丈夫だよ」

「姑《しゅうとめ》みたいなことしないでよー！」

カウンター越しに、洗い物をしている千嶋が顔をあげた。

「こいつね、なんでもこうなの。スナック菓子食べるのに箸《はし》使うし、ベッドに座ったら超怒るの」

「え、なんで怒るの？」

百瀬さんが俺に顔を向け、不思議そうに聞いた。

「だって外歩いた服で布団《ふとん》に座ったら汚いでしょ」

「……マジで言ってる？」

百瀬さんが引きつった表情で言った。

「うん」

「わぁぁ、姑とかそういうレベルじゃないじゃん、病気じゃん」

「病気にならないように、身の回りはきれいにしてるんだよ」

「こわ」

百瀬さんが身震いしながら言い、千嶋は洗い物をしながら笑った。

ふと、今日の一石研でのことが頭をよぎる。

「百瀬さんって、一人暮らしだったよね」

「うん」

「もしもさ、明日から俺が、毎朝アラーム代わりに起こしに行くって言い出したら、どう思う」

百瀬さんは俺を見上げたまま動きをピタリと止めた。

「なにそれキモ、あり得ない」

「だよなぁ！」

そうだ、これが普通の反応だ。やはり、ズレているのはあの二人のほうだ。

「寝起きの顔とか彼氏でも見られるの嫌だし。起きてマリブが立ってたら悲鳴上げる自信ある」

「なになに、なんの話だよ万里部！」

千嶋が洗い場の水を止めて叫んだ。

「マリブがねー、明日から起こしにくるんだって、わたしの部屋に」

「なんで⁉」

そうだ、千嶋の反応もいたって普通だ。

俺は安堵《あんど》を覚えながら何度かうなずいた。

客がいないのをいいことにそんな馬鹿話をしていると、三人とも上がっていいとチーフから指示が飛んできた。片付けには概《おおむ》ね目処《めど》が立ち、明日のオープン作業で巻き取れる範囲だった。

三人で裏手のスタッフルームに向かう。千嶋はニヤニヤしながらおれを肘《ひじ》で小突いた。

「そういや賭け、忘れてないよな？」

「お前さぁ、予約の電話受けてただろ。そりゃ反則だよ」

「なに言ってんだよ。今日、文大とＨＡＬの入学式だよ。去年も混んだべ。経験則だよ、経験則」

百瀬さんが千嶋の肩越しに顔をのぞかせた。

「反則ってなに？　なんの話？」

千嶋が百瀬さんのほうに顔を向ける。

「今日暇か忙しいか賭けてたの。帰りコーヒー奢《おご》ってくれるよ、万里部が、やったね」

「おー、臨時出勤した甲斐《かい》があった」

百瀬さんが楽しげに言って、束ねていた髪をほどいた。緩く波打つ茶色い髪が解放される。さすがは文系女子大生。まぶしいくらい華がある。

スタッフルームには百瀬さんが先に一人で入った。信じがたいことに、この店のロッカールームは男女兼用、この時代にあるまじき体制だ。女性スタッフがいると俺たちは外で待っていることになる。

「今日もかわいいなぁ百瀬さん。寝起きの顔も可愛《かわい》いんだろうなぁ」

千嶋がしみじみ言う。

「千嶋、白々しいから。それからマリブ、寝起きはマジＮＧ」

扉越しに百瀬さんの声がした。

「俺はなにも言ってないって」

外の会話は中に聞こえるし、中の声も外に聞こえる。千嶋はわざとらしく驚いて見せた。おちゃらけているが、千嶋は結構本気で百瀬さんのことが好きらしい。気持ちはわかる。就活を終えた百瀬さんがこの店でバイトを始めてから彼女目当ての男性客も増えた。

だが、俺からすれば百瀬さんは親友の想《おも》い人ということになる。

頼まれてもアラーム役はできない。

「お待たせ」

ものの数分で百瀬さんはスタッフルームから出てきた。品のある長さのスカートに装飾付きのブラウスを着ている。こんなしゃれた格好で大学に行っているのだろうか。

百瀬さんと入れ違いに千嶋と俺はスタッフルームに入った。

「コーヒー奢ってもらえるらしいから外で待ってるねー」

「コンビニのコーヒーだよ」

「おいしいじゃん、コンビニのコーヒー。うちのコーヒーの半額で三杯飲めるし」

そのとおりだ。

四月の新宿。夜はまだ肌寒い。駅までにあるコンビニでホットコーヒーを三つ買った。入り口の前で待っていた千嶋と百瀬さんにそれぞれ手渡す。

「あざーす」

千嶋は大げさに頭を下げてからコーヒーを受け取った。

「よくわかんないけど便乗させてくれてありがと」

百瀬さんもコーヒーを受け取り、三人で口をつけた。コーヒーは身体《からだ》を冷やす飲み物だとなにかで読んだ気がしたが、実感したことはない。

千嶋がコーヒーを一口飲んでから百瀬さんに顔を向ける。

「こいつさ、明日勝浦がめちゃ暑くなるって」

「勝浦？　千葉の？」

百瀬さんが首をかしげた。

「こんなに寒いのにな。だいたいさ、勝浦って百年猛暑日ないんだって」

千嶋がため息交じりに言った。

「妙に詳しいね、勝浦に」

百瀬さんが笑った。

「千嶋、賭けようぜ」

俺がそう言うと千嶋は目を輝かせた。

「うちの店のメシ一回ならのる」

「いいよ、それでいい」

そう答えると千嶋が声を上げた。

「いいのかよ。証人もいるぞ」

百瀬さんも目を丸くしてうなずく。

「うちの店、普通に食べると結構かかるよ？　いいの？」

「千嶋がいいなら、俺は」

「わぁ、意外にギャンブラーだ」

百瀬さんが感心したように言った。

「マジ？　本当にいいんだな、遠慮しないよおれ。パスタ二皿食うよ？　二六〇〇円のピザも食うよ？」

うなずきを返す。

言い出したのは千嶋だし、これなら常識の範囲内だろう。学生の身には大きな出費になるだろうが、しかたがない。

もしも明日、本当に季節はずれの猛暑日が勝浦にくるようなことになれば――第二研究室の地下に飛んでいくかもしれない。その自分を想像して少し笑う。

きっとそうはならない。

翌朝、朝の九時には田端駅の改札を通った。左手前方にはパチンコ店の跡地を改装した第二研究室が見える。視線を更に左に向ければ、小高い陸橋の根元に建つ第一研究室の古びた洋風マンションも見えた。

これから俺が向かうのはそれとは反対側。線路を越えて北側の住宅街のほうだ。駅を挟んで南側が高台で北側が低地になっている。

広い歩道を進み、坂道を降りた先に三澄のマンションはあった。それなりに年季の入った分譲マンションで、オートロックのような気取ったものはない。開けっ放しになったガラス戸を入ると、金属製のくすんだ集合ポストが目に入る。周囲にはポスティングのチラシが散乱していた。

エレベーターに乗り込み七階を押す。最上階だ。エレベーターの作りは乱暴で、動き始めるときと停止するときに結構揺れた。

三澄の住む七〇三はエレベーターを降りて目の前の部屋だった。扉の前で立ち止まり時間を確認する。九時十一分。改札から徒歩十分というところか。なかなかいい立地ではある。

一応、インターホンを押してみた。

返答はない。

インターホンのチャイムで起きるくらいなら、そもそも人間アラームなんて必要ないはずだ。

ため息をつき、ポケットから鍵を取り出す。一石教授から手渡された合鍵だ。

鍵穴に差し込んでシリンダーをまわし、ドアノブに手をかける。扉は開かなかった。

「あれ……？」

もう一度鍵を差し込み、逆にシリンダーをまわす。今度はドアが開いた。

「鍵かかってなかったのか……？」

呟いてから扉を開く。

狭い玄関と細長い廊下。その先に薄暗い部屋が見えた。遮光性の高いカーテンがかかっていて日の光はほとんど届いていない。

「三澄？　入るぞ？」

返事はない。

おじゃまします、と小さく呟いて玄関戸を閉めた。

「おい、あがるからな」

声のボリュームを段階的に上げていく。

靴を脱いで廊下に足を踏み入れた。足の裏に違和感があった。見下ろすと、校庭と同じレベルで砂が散乱していた。

何故《なぜ》？？？？

理由はわからないが、その瞬間に俺は踏み出した足を戻して靴を履き、土足のままあがることにした。こんな廊下を靴下で歩いたらこっちが発狂してしまう。

廊下の先の部屋には何故か小さな山みたいなシルエットが見える。

細長い廊下の右手側に形ばかりのキッチンがあり、左手側のドアは恐らくユニットバスにつながっている。

どうやら間取りは１Ｋだ。

一口のガスコンロの上には小さな土偶が七体並んでいた。

何故？？？？？？

これは本当に土偶だろうか。土偶であっていただろうか。自信がなくなってきた。というか恐怖を感じてきた。

腫《は》れぼったい大きな目の三頭身の土偶。それが、ガスコンロの上に敷かれた網の上に七体立っていた。

「こわ……。おい、三澄？　いるのかー？　三澄ー!?」

最後はほとんど叫び声のようになっていた。

廊下を一歩進むごとに、公園でも散歩しているようなゴキゲンな足音がする。

どうもこの部屋で人が生活しているとは思えない。もしかして部屋を間違えたか？　いや、一石教授にもらった合鍵でシリンダーはまわった。場所はあっているはずだ。

廊下の先の部屋に辿《たど》り着く寸前、中心の小さな山のシルエットが崩れ、むくりと人が起き上がった。

驚いた自分の喉元《のどもと》から、潰《つぶ》れた音が漏れ出た。びぇ、というような音だった。

起き上がったのは三澄だった。

「海坊主《ぼうず》かよお前は！」

三澄は半開きの目で、なんの反応も示さなかった。前髪も後ろ髪も、あちこち好き勝手に跳ね上がっている。芸術的とも言える寝癖だった。

ヨレヨレの生地の黒いＴシャツは襟元《えりもと》も伸びきっていて、右肩から胸元まではだけている。サイズがまったく合っていない上、もともとＴシャツだった布と言ったほうがよさそうなシロモノだった。

胸元のかすれきったイラストには見覚えがあった。

一九七九年に公開された映画に出てくる、世界一有名なエイリアンの横顔が描いてある。不安になるほど長い頭蓋骨《ずがいこつ》。リドリー・スコットの代表作、ＳＦホラーの金字塔。

そんな余計なことを考える時間をたっぷり挟んでから、三澄は頭をぽりぽりとかいて、

「わたしは海坊主じゃないわ」と言った。

三澄の周囲に散乱しているのは大量の紙と開いたままの本、ガムのボトル、大量の空のペットボトルと空き缶、だるま、セガサターンのコントローラー、半田ごてにヘルメット、ハンマーと先っぽが平べったい釘《くぎ》と、とにかく雑多だった。

「……なに。なんなのこの部屋。なんで、一口しかないガスコンロの上に土偶があるの⁉」

「土偶？……あぁ、あれね、かわいいでしょ」

そういう話をしているんじゃない。

「悪いが、土足であがらせてもらってるぞ」

「え、どうして」

家主としては当然の疑問だった。

「なんか、この廊下が公園くらいジャリジャリしてて」

「あぁ、そう。まぁ別にいいけど」

「いいのかよ」

「わたしもたまにしか靴脱がないから」

「……なんだって？」

「今、何時？」

三澄は俺の質問を無視した。俺はスマートフォンで時間を確認した。

「九時十五分くらい」

三澄は眉間《みけん》に皺《しわ》をよせて、眩《まぶ》しそうに何度かまばたきをして、また寝た。

「おい！」

「なによ、早すぎるわよ。会議、十時からでしょう。九時五十分に出れば間に合うわよ」

「間に合わねぇよ！　駅からここまで十分かかったのに！」

「くつろいで待ってて、お茶とかあるから、コンビニに」

「買ってこいと⁉」

それきり、ガラクタの山に埋もれた三澄は心地良さそうな寝息を立て始めた。

「嘘《うそ》だろおい……。ちくしょう、これなら真面目に卒論書くほうが楽じゃねぇかよ……」

廊下も散々だったが、三澄の寝ている部屋はもっと酷《ひど》かった。文字通り足の踏み場がない。その上、ガスコンロの土偶がほんの挨拶《あいさつ》代わりだったと思えるほどに意味不明だった。

長方形の部屋の奥、遮光カーテンの左側には、真っ白な岩盤がある。その中心にはなにかの生物の化石らしき物が見えている。化石採掘の途中でほっぽり出されたなにかが、何故か部屋の角に置いてある。

右側には大きなモアイ像があった。それすら、化石採掘の途中経過に比べればまだ常識的な置物に思えている自分が怖い。

「おい、三澄、起きてくれよぉ。駅前で朝ご飯奢るからよぉ、頼むから起きてくれよぉ」

縋《すが》るように言いながら部屋に一歩足を踏み入れたとき、自分の左側になにかの気配がした。

巨大ななにかが立っている。

振り向くのと同時に、腹の底から悲鳴をあげて尻餅《しりもち》をついていた。

「うるさいなぁ、もう！」

三澄がガバリと起き上がる。

三澄が着ているもともとTシャツだった布に描かれているのと同じエイリアンが立っていた。

　そのエイリアンが、おそらくクローゼットとして使われるべき空間からあの異様に長い顔をニュッと突き出している。まさかの一分の一スケール。リドリー・スコットが過《す》ぎる。

「なんなんだよこの部屋!!　なんで、化石と、モアイ像と、エイリアンがいるんだよ！」

「化石は発掘中。エイリアンは地球外生命体の造形として素晴らしいと思って。モアイ像はいつの間にかあったわ」

「最後のが一番こえぇよ!!　なんでそんな部屋でグースカ寝られるんだよ！」

「あら。わたしそんないびきかいてた？　恥ずかしいわ」

　俺は立ち上がり、半身を起こした三澄を見下ろした。

「もっと恥ずかしがるべきところはいくらでもあるだろ、この部屋とか、着る物とか」

　三澄との距離が近くなるといよいよ目のやり場に困る。Tシャツだった布一枚しか身につけていないと判断できるくらいには、色々な部分がスレスレのところまで見えていた。

　三澄は俺の発言には興味がなさそうに欠伸《あくび》をして、むにゃむにゃと口を動かしながら天井をぼんやり見上げている。

「朝ご飯、奢るって——さっき誰か言ってなかった？」

「もちろん俺だよ。俺じゃなかったら困るよ、怖すぎるよ」

「まぁ、悪くはないわね。起きるわ」

どうやら三澄は、キャンプなんかで使う折りたたみ式のマットレスに広げた寝袋をかけて寝ているらしい。ちょっとリッチなホームレスのやり口だ。

その足元に靴が脱ぎ捨てられていた。本当に家主も土足で生活しているらしい。微《かす》かに残っていた罪悪感が見事に消し飛んだ。

「水浴びてくる」

「み、水？　なんで？」

「眠気を飛ばすために決まってるでしょう。他にどんな理由があるのよ」

体をきれいにするためじゃないのか⁇

「じゃあ冬はどうしてるんだ？」

「できるだけ浴びないわ」

「……嘘だと言ってくれ」

三澄はもう一度呑気《のんき》に欠伸をした。

「くつろいでていいけど、勝手に触らないで、タダじゃおかないわ」

「触らないでって、なにに」

「エイリアン以外全部」

「なんでエイリアンだけ触り放題なんだよ」

「頭の部分とかツルツルしてて気持ちいいわよ、ゆでたまごみたいで」

「リドリー・スコットに謝れ」

信じられないことに三澄は首をかしげた。

「誰それ」

「この映画の監督だよ！」

巨大なエイリアンを指差しながら言った。

「へぇ。それが出てくる映画があるの。知らなかったわ」

三澄の言葉を理解するまで時間がかかった。

呆然としている俺を意に介さず三澄は立ち上がり、ペタペタと廊下を歩いてバスルームに消えていった。

やがてシャワーの水音が聞こえてきた。

俺はゆっくり等身大エイリアンを見上げた。

「本編見てない人間が、これ買ったの……？　マジで……？」

よく見ると、エイリアンの左手にはキャミソールと黒いセーターが引っかけられていた。

寝起きが悪かった割に、準備の手際《てぎわ》は良かった。

途中、シャワーを浴びた三澄が裸同然の格好で部屋に戻ってくるという珍事はあったものの、俺としてはあの部屋の悲惨な状況が気になってそれどころではなかった。三澄の寝袋の周辺には、栄養補助食品のパッケージのゴミが投げ捨ててあり、小さな蟻《あり》が列を成して袋に残ったクズをせっせと運んでいた。もちろん俺は特大の悲鳴を上げた。

アラーム役は今日で終わりではない。明日も、明後日も続いていく。

「はぁ……」

駅前のバーガーショップに着いてやっと一息つけた。あんな不衛生な地獄にこれから毎朝行くのだと思うとため息ばかりが出る。時刻は九時三十四分。第一研究室までは余裕を見ても五分で着く。とりあえず初日の役割は果たした。

二人掛けの席に向かい合って座る。俺が頼んだのはホットコーヒー一つ。三澄のオーダーはなんと、アップルパイ二つだった。

三澄は二つ目のアップルパイを食べながらスマートフォンを眺めている。結構旧型のモデルだった。

「朝からよくそんなもん食えるな、二つも」

「これ、世界一おいしいアップルパイだから。わたし調べだけど」

「気持ちはわからんでもない。だからといって朝から二つはやりすぎだろ」

「なによ、お金ないならそう言えばよかったのに。わたしだって遠慮したわよ」

「いや別に百四十円をケチって言ってるわけじゃないんだよ、一応バイトしてるし」

「へぇ、そうなの」

「喉とか渇かないのかよ、そんなもん二個も食べて」

「渇くに決まってるじゃない。砂糖と油の固まりみたいなもんなんだから」

「コーヒーとか欲しくならないのか」

「研究室に着いてから飲む。ここ、アップルパイはこんなにおいしいのにコーヒーは信じられないほどマズいから。意味がわからないわ。お店の人誰もコーヒー飲んだことないのかしら」

三澄は音量調整をまったくせずにそう言った。レジカウンターの目の前の席で、しかもホットコーヒーを飲んでいる俺に向かって。

「個人の意見だよな？」

俺も同じように、あえて店員に聞こえる位の大きな声でそう言った。

三澄はアップルパイの最後のかけらを口に放り込み、咀嚼《そしやく》しながらうなずき、目を閉じてゆっくり息を吸い込んだ。このままアップルパイのＣＭに起用されそうなくらい様になっている。

「やっと頭がまわってきた。朝の糖質補給には最適だわ」

決め台詞《ぜりふ》もなかなかのものだった。

部屋は文化的野人と言えるような荒れ具合なのに、意外にも食事の仕方はきれいだった。口も閉じて食べるし、アップルパイの生地がほとんどこぼれていない。俺は自分でもちょっと病的とも思えるほど、口を開けて食べる人の咀嚼《そしゃく》音が気になってしまう。こんなにストレスなく過ごせる相手は初めてかも知れない。

「そろそろ行く。マニュアルは第二研究室の一階のデスクにおいておいた。疑問点があったらメモで残すか口頭で。メール連絡は不可よ。急ぐ作業じゃない。明日もよろしく」

三澄は立ち上がって灰色の帆布のショルダーバッグを肩にかけた。

「あぁ、頑張ってな」

俺がそう言うと、三澄はあからさまに不快そうな表情で俺を見下ろした。

「頑張ってな？　誰に言ってるのよ。同窓会みたいなメンバーで毒にも薬にもならない話をするだけよ。頑張るわけないじゃない。わたしが持てる力を尽くすのは研究だけ、覚えておいて」

俺は三澄の言葉の中頃で呆れ始め、最後は口を半開きにして聞いていた。

「お前、意識がはっきりするほど嫌な奴になるんだな」

「どういう意味よ」

「ここのコーヒー、悪くないぞ」

俺は三澄を無視して紙カップのコーヒーを一口飲んだ。

三澄は、飢えた野良犬を蔑《さげす》むような目で俺を見下ろしてから去って行った。

そうだ、たとえうまくなくても店内では言葉にしないのが良識ある大人ってもんだろうが。

確かにうまくはないが。

三澄を見送ってから特に予定もなく、そのまま店内でスマートフォンを眺めていた。平日の早朝。知人ばかりのＳＮＳも落ちついていた。

窓の外に視線を向ける。ちょうど真向かいに一石研の第二研究室が見えている。つくづくとんでもない場所にある。灯台もと暗し、とはよく言ったものだ。

いつの間にか十時を過ぎている。また時間を溶かしていた。社会人になっても、こんな風に無為な時間を過ごすのだろうか。スーツを着て忙しい忙しいと嘆きながら、しっかり時間を無駄にしている自分がいとも簡単に想像できて嫌になる。

三澄はちゃんと会議に出席しているだろうか。

ふと、三澄の部屋を出てくるときにちゃんと鍵を閉めたかどうかも気になってきた。

自分の記憶と真剣に向き合っているうちに、どうして俺がそこまで気にしなければならないのかと妙に腹が立ってきて考えるのをやめた。家主は三澄だし、それに空き巣が入ったところで一体なにを盗んでいくだろうか。いつの間にかあったモアイ像が、今度はいつの間にかなくなるくらいのものだ。そもそも、いつの間にかあるモアイ像ってなんなんだよ。

　頬杖《ほおづえ》をついてSNSのトレンド一覧を眺めていると、捨て置けない字面《じづら》が目に飛び込んできた。

『勝浦』『観測史上初』

　すぐさまタップした。勝浦関連の投稿が画面一杯に並ぶ。みんな一様に気温の異様な高さに言及している。暑い、なんだこれ。そんな投稿ばかりだった。

　既にニュースサイトにも取り上げられている。

　民間の気象予報会社では予報士の見解を発表していた。事前に予測できる要素はなく、突発的な猛暑日を迎える見込み、勝浦での猛暑日は観測史上初。そんな内容だった。

　俺はすぐさま店を飛び出した。

　信号を一つ挟んで向かいにある第二研究室。赤信号を待つわずかな時間すらもどかしかった。

　自分の中に、よくわからない感情が渦巻いている。

『世界は終わる』

あのメッセージが脳裏に浮かんでいる。

世界が終わるとはどういうことなのだろう。その鍵を、自分が握っているのだろうか。物理学が好きで物理学科に入ったが、自分よりもその道に長《た》けた連中に圧倒されたのが正直なところだ。自分が特別な人間にはなり得ないことを、まざまざと見せつけられた。

天才にはなれず、天才のアラームになるのが関の山だと納得できていた。

器用貧乏らしくそつなく就活を終えて、勤め人としての人生を過ごすつもりでいたのに、俺は突然、とんでもないことに巻き込まれようとしている。

やっと俺も、なにかの主役になれるかもしれない。

そう思うと自然と口元が緩んだ。

未来との通信機が設置されている地下の白い部屋は無人だった。三澄も一石教授もパトロンたちとの通話会議に駆り出されている。開始からもうすぐ十分。会議はどれくらい続くものなのだろう。定例と言っていたから、そんなに長丁場ではない気がする。時間は限られているわけだ。無数のレーザーは起動したときと同じように、細いガラス管に向かって光線を放ち続けている。

二つのモニターが並んだデスクに向かい、マウスを動かした。網膜センサーの認証が入り、通信機の管理画面が現れる。

俺宛《あて》のメッセージが一通きていた。今回はたった一行のメッセージだった。

『ＨＣＬプロジェクト。そう呟けばいい』

俺はその字面を見つめた。ＨＣＬプロジェクト。初めて見る並びだった。なにを意味する言葉だろうか。

『どういう意味だ？』

その疑問にはいつまでも返答がこなかった。

前回、相手からの返答にまったくラグがなかったのは、未来の相手が受信時刻を秒単位で指定しているからだろうか。本当に未来からの通信なら、いくらでもタイピングに時間がかけられる。

それなのに――いつまでも返答がこない。

「なんだよＨＣＬプロジェクトって。これだけかよ……、あれ？」

いつの間にか、それまで画面に表示されていたメッセージは消えてしまった。この前と同じくログも残っていない。椅子の背もたれに身を預けてため息をつく。

空っぽのチャット画面を眺めていると、階段を降りてくる音がした。軽い足音だった。振り返ると、階段につながる入り口から三澄が入ってきた。三澄は不信感に満ちた視線を俺に向けながら足早に近づいてくる。

「どいてくれる」

立ち上がって席を譲ると、彼女は不機嫌に椅子に座り、帆布のショルダーバッグを机に投げ出した。そこまでの動作は乱暴だったが、キーボードを叩く指は正確だった。正確で且《か》つ、速い。

「不正アクセスを防止する最善策、なんだと思う」

独り言かと思ったが、違った。どうやらそれは俺に対する質問だった。

「簡単よ。物理的にネットワークから遮断すること。計算機自体が一度もオンラインにならなければ誰も攻撃しようがない。それが、このリングレーザー通信機の基本思想」

平坦な声で三澄が言う。

「現代のネットワークからは完全に独立してる。管理者であっても外部から遠隔で監視できない。これがどういうことか、わかる？」

「えっと……？」

三澄はタイピングしている手を止めずに、ゆっくりと俺に視線を向けた。

「あなたがここにきたら、わたしもくるしかないってこと。網膜認証のログはリアルタイムで通知がくるの」

猛スピードで動いていた三澄の指がピタリと止まり、少し間があって右手の中指がエンターキーを叩いた。ため息をつき、画面を眺める。

「認証ログがあるだけ。ただ座ってたってわけね」

「あの――」

「なによ」

「もしも、未来から俺宛にメッセージがきたりしたら――」

「きてないけど」

三澄は都度都度、俺の語尾に被《かぶ》せるように応答した。人と会話をするのが初めてなのだろうか。

「外部から監視ができない以上、ログは絶対に消えない仕様になってる」

「絶対に？　例外はまったくなく？」

珍しく三澄が少し黙る。視線は画面に向いたままだが、焦点は合っていないような気がした。

「例外はある。起こりうる可能性は限りなくゼロに近いけど。きたの？　あなた宛のメッセージが」

「いや……」

三澄はショルダーバッグに手を突っ込んで、コンビニで売っている麦チョコの小袋を取り出し、左手一杯に盛ってそれを頬張った。

「仕事するから」

「仕事？」

三澄は山盛りの麦チョコをもう一口頰張って、キーボードを叩き始めた。

「なぁ、この通信機の仕様とかいう……、その、さっきの例外ってのは具体的には——」

「約束、忘れてないでしょ。邪魔はしないで。それは相《あい》づち？　違うわよね」

俺の言葉を遮ってそう言い、三澄の用は済んだらしい。俺への興味は完全に失われたようだった。

俺は三澄の隣の、キャスター付きの椅子に座った。

リングレーザー通信機と呼ばれるこの装置には、やはり俺宛のメッセージは残っていなかったらしい。〝起こりうる可能性が限りなくゼロに近い〟と言い切ったログ消去の操作を、メッセージを送ってきた人物は遠隔でやってのけたわけだ。

あのメッセージは、未来の三澄から届いている。信憑性《しんぴょうせい》はこれ以上ないほど高まっていた。というか今の所、疑う根拠が見当たらない。

さっきまで画面に表示されていたメッセージを思い出しながら俺はつぶやいた。

「ＨＣＬプロジェクト……」

絶え間なく続いていた打《だ》鍵音《けんおん》がピタリと止まる。三澄が息を呑んでいた。両目にぐっと力が入っている。横顔から見える瞳《ひとみ》がかすかに泳いでいた。

これが、本当になにかの第一歩になるのだろうか。

よく見ると、長いストレートヘアの隙間《すきま》から見える形のいい耳が真っ赤に染まっていた。そこだけ熱湯に浸《つ》かっていたようになっている。

表情には現れないが、今彼女の中でなにかしらの感情が動いている、らしい。

「……見たのね」

三澄はそう呟いてゆっくりこっちを向いた。

「見た？」

そう問い返した瞬間、なにかがものすごい勢いで飛んできた。三澄の帆布のショルダーバッグだった。それは明確に、俺の顔面をめがけて投げつけられていた。咄嗟《とっさ》に顔を庇《かば》った腕に鞄が直撃し、その衝撃でおれは椅子から転げ落ちて尻餅をついた。どうやら鞄にはそれなりの重量の荷物が詰め込まれている。

「いてぇな……なにすんだよっ」

そう叫んだとき、三澄は仁王立ちで凄まじい殺気を放ちながら俺を見下ろしていた。

なにが起こったのかまったく理解が追いついていないが、目の前にいる三澄が怒っていることはわかった。

「そう、そういうことね。寝起きで完全に油断してた。シャワーを浴びている間にわたしの鞄を漁《あさ》ったのかしら」

「なんだそれ!?　触るなって言われたものには触ってないって！　ついでに触っていい

と言われたエイリアンの頭だって撫でてない！」

「不思議な人ね、あなた。どうしてＨＣＬプロジェクトなんて言ったの？　黙ってられなかった？　わたしを脅すつもり？　それとも当てつけ？　わたしの情報管理をあざ笑いたいわけ？　言っとくけどわたしがあなたと同じ知能レベルで会話するのは起きてから糖分補給するまでの間だけよ、残念だったわね。今は頭がギンギンに冴《さ》えてるわ。あなたが奢ってくれたアップルパイのおかげで」

「ちょ、ちょっとだけ待ってくれ！　なんの話か全然わかんねぇって！」

「そんな言いわけが通用すると思ってるの？　あなた、確かにＨＣＬプロジェクトって言ったわよね？　どうしてあなたがそれを知ってるの？　愚問よね。その答えは一つしかない。あなたがわたしの私物をコソ泥みたいに漁ったのよ。それしか考えられない」

「し、私物……？　私物って――」

三澄の手が伸びてきて俺の胸ぐらを摑《つか》んだ。見かけによらず、すごい力だ。上半身がビクともしない。

そのとき、ゆったりとした足音が聞こえてきた。誰かくる――一石教授だろうか。三澄は視線を俺から逸らさず、鼻先がぶつかりそうな近距離で言った。

「先生と泰兄に言ったら殺す。他の誰に言っても殺す。本気よ。わかった？」

おれは赤べこのようにブンブンと何度もうなずいた。

　三澄が俺の胸ぐらから手を離すのとほとんど同時に一石教授が入ってきた。

「三澄くんがすっとんでいったと思ったら、やっぱり万里部くんがきてたんだね」

　一石教授は尻餅をついている俺に微笑を向けて言った。その後ろから二階堂さんが現れた。

「万里部くん、どうしたの。上着は？　寒いんじゃないかい」

　二階堂さんは尻餅をついている俺に歩み寄り、楽しげな笑みで見下ろしながら手を差しだした。

「あ、すみません。ちょっと——」

　その手を借りて起き上がる。二階堂さんの爽《さわ》やかな微笑越しに、三澄が流し目で睨《にら》みつけてきているのが見えた。

「転んで、一人で、勝手に。はい。上着は忘れてました」

　そう答えると二階堂さんは小さく笑い、一石教授のほうに顔を向けた。一石教授も肩をゆらして笑っていた。

　二人が視線をリングレーザー通信機のほうに向ける。二階堂さんが薄く笑った。

「わかってはいたけど、本当にこの量のレーザーダイオードを起動し続けるんだね。いやぁ、稼がないといけないな」

「三澄くん、今日も検証用文字列しかきてないかな」

「はい」

　三澄が画面を確認してから答えた。

　本当に、俺に届いたメッセージは跡形もなく消えているらしい。

「良かった。どんなパラドックスが起きるかわからないからね。原理を考えると、確定した未来と関わった物質内の量子が暴走することも起こり得る」

「え」

　思わず声が出てしまった。一石教授と二階堂さんが俺に視線を向ける。三澄だけは画面を見つめたままだった。

「量子が、暴走する？　どういうことですか？」

「量子の世界では複数の未来が重なり合ったまま存在している。観測するまでは様々な可能性が同時に存在しているんだ。他にも、我々の直感的な理解が追いつかない現象が山ほどあるんだよ」

「初歩の初歩から説明するんですね」

　三澄の指摘に一石教授は笑いを返し、ゆったりと椅子に座ったまま続ける。

「観測すること自体が、量子のスケールでは世界そのものに影響を与える。これまでもあらゆる事象は観測されることで確定してきた。ところが今、我々は事象を直接観測せずに未来を知ることができる」

「観測が……、世界に影響を与える……？」

未来から送られてきた最後の一文が、頭をよぎった。

世界は終わる――本当にそんなことが起こるのか？

「リングレーザー通信機は、現在の量子にまったく影響を与えずに未来を確定させてしまうわけだ。ところで、人間もたくさんの量子の集合体と言える。量子脳理論においては、人間の意識も脳神経細胞内の量子的な効果の産物、という説もあるんだ」

三澄のタイプ音が続く。二階堂さんも一石教授の説明にはそれほど関心がないのか、三澄の目の前のディスプレイに意識を集中している。だが俺にとっては他人事《ひとごと》ではなかった。一石教授は自分の頭上の空間をぼんやりと見つめながら続けた。

「この装置によって与えられた情報、ある世界で確定していた事実の影響下におかれた量子があると仮定して、その未来と別の未来に進んでしまった場合には、量子のスケールで大きな矛盾が起きる。さて、矛盾を抱えた量子はどうなるか――」

どうやら一石教授は、リアルタイムで思考実験を進めながら喋《しゃべ》っているようだ。

「三澄くん、画像データの送信機能はどれくらいできてる？」

「検証するくらいならできます。すごく小さいデータ容量になるけど」

「充分だ。ちょっとやってみようか。ガラスのコップがほしいな」

「買ってきて、初仕事よ」

三澄は躊躇《ちゅうちょ》なく言った。

「ガ、ガラスのコップ？」

「領収書をもらっておいてくれるかな。宛名は空でもいいよ」

二階堂さんが気さくに言う。

「駅前のビルの三階に雑貨屋がある。ミネラルウォーターも一緒に買ってきてくれるかな」

一石教授はそう言って、また自分の頭上にぼんやりとした視線を向けた。

第二研究室の外に出る。駅ビルはもう見えていた。ゆっくり歩いても二分で着いてしまう距離にある。改札に隣接した入り口から中に入った。駅ビルと呼ぶのが憚《はばか》られるほど小規模なものだったが、確かに雑貨屋でグラスは売っていた。ミネラルウォーターは自販機で買い、第二研究室に戻った。

「よし、記念すべき初めての実証実験だ」

一石教授はグラスを管理端末の前方の床においた。

「この位置、カメラに映るかな」

「大丈夫です」

一石教授はグラスに水を注いだ。

「さて――あそこの認証用のカメラが」

一石教授は管理端末のディスプレイの上部に取り付けられたカメラを指差した。

「今から一分後に自動的にこのガラスコップの写真を撮影して一分前に送るよう設定する。つまり、我々は一分後の未来の画像を今受け取るはずだ」

三澄の後方からディスプレイを覗《のぞ》きこんだ。二階堂さんも俺の背後から同じように画面を見つめた。

「お、きたね」

二階堂さんが言った。三澄がマウスを操作してその画像を開く。画像には俺たちの目の前にあるグラスがそのまま映っていた。粗い画像だったがそれは識別できた。

「今、このコップの一分後の未来が確定した。が、タイムパラドックスは人為的に起こすことができる」

一石教授はグラスを持ち上げて、カメラには映らない位置に移動させた。

「このコップは、リングレーザー通信機によって確定した未来と矛盾してしまったね。さて、なにが起こるか？」

一石教授は全員に視線を向けてニヤリと笑った。

「答えは誰も知らない。計算することもできない。観察しよう、無知な人類の代表として」

沈黙がしばらく続いた。みんな、グラスの中で小さく揺れる水面を見下ろしている。

前触れもなく、水が消えた。なんの音もしなかった。薄い水蒸気になって空気中に霧散していくのが見えた。

「消えた……？」

「消えたわけじゃないな。概ね思考実験のとおりだ」

今度は唐突に破裂音がして、グラスが砕け散った。一石教授は、ほ、と楽しげな声をあげ、散乱したグラスのほうに歩み寄っていく。

「見てごらん。針状結晶化している」

ガラスの破片だったものは、真っ白な霜のように不透明な結晶になっていた。

「水は蒸発して、アモルファス構造のガラスは、物性が変化した」

三澄が言った。一石教授が子供のように楽しげな笑みを浮かべてうなずいた。

「これは魔法ではない、科学だ。リングレーザー通信機によって確定された未来との矛盾を抱えた量子が適正な状態に戻ろうとした。矛盾した量子的情報を発散することで現在に固定されたんだよ。ほんの一瞬で」

「ちょっと待ってください」

思わず口を挟んでから、俺は額に手を当てた。

「これ……もしも人間で起きたらどうなるんですか」

「人体の七割は水よ」

三澄の言葉に一石教授がうなずく。

「うん。もしも特定の人物に同じことが起きた場合は、体内の水分の一部かあるいはすべてが沸点を超えることになる。物性の変化についてはもう少し複雑なことが起こるね。でも、確実に血液は蒸発する」

「脳卒中、もしくは心不全で即死、というところだろうね」

二階堂さんが呟いた。

「タンパク質が破壊されるのが四十二度。だから体温計には四十三度の表記がない」

三澄も割れたガラス片を見下ろしながら呟く。一石教授が小さな声でうむ、と言った。

「意図的に人を殺害できるし、知識のない者が使えば殺意がなくても未来と矛盾を抱えた人物を殺してしまうかもしれない。想定していた以上にこの装置の管理はシビアだね」

「だから、学部生を関わらせるのなんて反対だったのに」

三澄が呟くと一石教授が苦笑いを浮かべた。

「だが、我々はみんな生きている。未来からのメッセージを受け取った人間はいない。このタイミングで実証実験をしておいてよかったね。未来からのメッセージは不用意に開封しないことにしよう」

俺は頭を抱えた。

真っ白な床を見つめる。

誰にも聞こえないほど小さな呟きが漏れた。

「――そういうことは、先に言っといてくれよ」

世界が終わる。そんな大袈裟《おおげさ》なことを気にしている場合じゃない。

世界の前に俺の人生が終わってしまう。

目の前で音もなく消えたミネラルウォーターと、できの悪い水晶のように変化したガラス片が脳裏に焼き付いていた。

どうやら俺は、知らない間にとんでもないことに首を突っ込んでしまったらしい。

実証実験のあとも三人はなにやら話していたが、俺は一人上の空だった。

グラスを片付けて、マニュアルでも読んでいて、と言ったのは三澄だった気がする。

三人はそのまま第一研究室に移動していった。三人とも目の前で起きた事象の考察に夢中だったようだ。もしかしたら俺の存在を忘れてすらいたかもしれない。

体の中に時限爆弾を抱えたような気分だった。

未来の三澄も今日の実証実験のことは知っているはず。相手にとっては過去のことだ。

ならば、明確に俺を殺すためにメッセージを送ってきたのか？

いずれにしても、もう俺にそれほど潤沢《じゅんたく》な選択肢はない。今の俺は、この宇宙で初めて未来とやりとりをした人間になってしまった。未来と矛盾する行動を取ったときに自分の身になにが起こるかは誰にもわからない。一石教授の仮説どおり、体中の血液が一瞬で蒸発して即死するかもしれない。

三澄は今日の実証実験を一緒に見ていた。彼女は俺よりも遥《はる》かに深く原理を理解しているはずだ。なのに、未来の三澄はメッセージを送ってきた。

今朝、俺の胸ぐらを締め上げた三澄の顔を思い出した。

「本当に殺されるのか……？」

ガラス片を片付けながら呟く。

ＨＣＬプロジェクト……三澄が激昂《げきこう》するほどの、謎《なぞ》のプロジェクト。その内容次第では、口封じに動いている可能性もあるか？　いや、そもそもそのことを送ってきたのは三澄のほうだ。

掃除道具で割れたグラスの破片を集めて、袋にワレモノと書いて外のゴミ捨て場に捨てる。周囲を見渡した。三澄たちが戻ってこないことを確認して、俺は地下に戻って操作端末の前に座った。

網膜認証をパスして自分のアカウントにログインするとメッセージが一件届いていた。

『どう？　世界を救う気になった？　実証実験を見ていよいよ実感が湧《わ》いてきたんじゃない？』

『あんたは、本当に未来の三澄か？』

『ＹＥＳ』

『ついさっき、一石教授は未来からのメッセージをむやみに開けないことに決めた。俺だけ貧乏くじだ。全部あんたのせいだぞ。わけのわからないメッセージに振り回されて散々だ』

『それは違う。むしろわたしはあなたを救おうと試みてる』

『今日のあんたは俺に鞄をぶん投げて俺の胸ぐらを締め上げて殺すって言ってた。ただ呟けばいいってあんたが言ったんだろ。ＨＣＬプロジェクトって』

『ＨＣＬプロジェクトって呟けって、わたしが言った？　詳しく状況を説明して』

「なんだ……？　説明しろって、自分が送ってきたことだろ」

　釈然としないまま、俺は今まで受信したメッセージの内容を伝えた。

『万里部くんがＨＣＬプロジェクトのことを知っていた理由が、七年越しにわかった。そういうことだったのね。その中に二通、わたしから送っていないメッセージがある。一通目と三通目』

　一通目は、三澄翠とは関わるな。

　三通目は、ＨＣＬプロジェクトと呟け、という今日のメッセージだ。

　確かにこの二通は、未来の三澄が送ってきた勝浦のメッセージに比べて言葉足らずな印象はある。相手からの返答もなかった。

三澄のテキストはまだ続いている。

『その二通のメッセージのタイムスタンプは見た？』

『見てない。そんな余裕はなかった』

『次からは必ずチェックして。わたしからは必ず二〇三一年と開示する。それ以外の表記――おそらく非通知でくると思うけど――その場合は、わたしではない相手が万里部くんに接触している。仮説だけど、今万里部くんに接触している人間はわたしを含めて二人いる』

『二人？　どういうことだ？』

『未来が二つあるかもしれない。わたしの知っているこの未来と、もう一つの別の未来』

「未来が二つ……？」

画面を凝視しながら呟く。テキストはまだ続いていた。

『七年後の世界ではこの装置の不正利用を監視するシステムが完成している。その監視システムが一件の不正通信を感知した。それが、万里部くんに届いた一通目』

三澄翠とは関わるな、という怪文書のことだ。

『だからわたしも対抗措置をとって万里部くんに連絡した。それがわたしからの一通目。その後、不正通信は感知されていなかった』

『でも、今日メッセージが届いていた。監視システムのほうに問題があったんじゃないのか』

『その可能性は低い。エラーは見当たらない。相手が監視システムをパスする方法を知っていると考えるべき。そこまでの知識のある人間には一人しか心当たりがない』

『誰だ？』

『わたし自身、三澄翠よ。だから、もう一つの別の未来という仮説を立てた。今のわたしは絶対に万里部くんとの出会いをなかったことにしようとは思わない。でも、別の未来のわたしのことまではわからない。つまり、万里部くんと関われなかった世界のわたし』

　どうやら未来の三澄は、俺との出会いを死ぬまで後悔しないと確信しているらしい。俺が三澄とどういう七年間を過ごせば、ここまでの深い信頼を勝ち得るんだろう。

『俺はどうすればいい。三澄に手伝ってもらうことはできないのか』

　俺の返答はほとんどＢｏｔのように質問ばかりを繰り返している。わからないことばかりだ。

『それはできない。その記憶がわたしにないから。万里部くんは未来のわたしと接触することで確定している未来を観測してしまった。そこに矛盾が起こったらどうなるか、実証実験で目の当たりにしたはず』

割れたグラスと消えた水。そして、禍々《まがまが》しい濁った結晶が、脳裏に浮かんできた。

『万里部くんにはまだ行動の自由がある。最初の怪文書の送り主がどういう人物なのかわからないけど、放置する危険性は万里部くんにも理解できたはず。世界が書き換わるときには、あの実証実験で起きたことが世界全体で起こるのよ。協力してほしい。万里部くんに頼るしかない』

　三澄からの文章を何度か繰り返し読んだ。

　実証実験の影響範囲が世界全体になる展開は、想像の範囲を軽く超えてしまっていて実感が湧いてこなかった。

『ちょっと待ってくれ。世界が終わるなんて大それたことが、俺と三澄の恋にかかってるのか？　今日の段階ではそんな未来は見えない。あいつが俺に恋をするなんてありえない話だ』

『すべて万里部くん次第』

　わかってはいたが、断言するような返答はこなかった。

『なにをすればいいんだよ俺は。具体的なことがまったくわからない』

『途中経過は伝えない。自由度があったほうが万里部くんは動きやすいはず。具体的な情報は可能性を狭めるだけ。リングレーザー通信機はそういうものなの。未来の世界でも結局、この装置のことを知っている人間は数えるほどしかいない。危険性を回避する方法がまだないからよ。その上で万里部くんには——わたしの記憶の矛盾を避けながら、未来の改変を防いでほしい』

　三澄からのメッセージはこう続いていた。

『最終的な目標は、わたしと万里部くんが恋をすること』

「恋って言われても——」

　俺は感じている違和感をそのまま打ち込んだ。

『今の三澄の気持ちはどうなる。無理矢理恋をさせるのには抵抗がある』

『もともとあったわたしたちの恋の可能性を、第三者が絶とうとしている。当事者の気持ちを無視しているのは相手のほう。それに、わたしの指示はあくまでもサポート。あなたがあなたでいれば、わたしはあなたに恋をする。きっとあなた自身も』

　部屋にモアイ像とエイリアンと化石発掘セットをおいて廊下を砂利だらけにしている、あいつが、やや潔癖性の俺に？　本当にそんなことが起こり得るのか？

『その未来が見えない』

『安心して。わたしの言うとおりにすれば、わたしは万里部くんにホの字よ。赤子の手をひねるようなものだわ。なにせ、過去の自分自身のことだから』

　二〇三一年の人間もホの字とか言うらしい。……いや、これは三澄だけかもしれない。

『最初のアドバイスよ、万里部くん。まずは——』

その指示を見たとき、俺は本当に頭を抱えた。

『わたしの部屋を片付けてあげて』

「……勘弁してくれよおおおぉぉぉぉっ!!!」

第三章　混沌という名の部屋

III

ゴミ屋敷の掃除を頼まれたほうがまだ気が楽だったかもしれない。

三澄はたぶん、数年出番のなかったガラクタを「それはゴミじゃない」とか平気で言うタイプだ。部屋を見ればわかる。雑多なようでコダワリがありそうな物品のチョイス。それでいて執着をまったく感じない扱いの荒さ。極めつけは、砂利だらけの廊下を水浸しの足で平気で歩けてしまう衛生観念。

強敵だ。俺の母親もそれなりにズボラだが、レベルが違う。毛蟹《けがに》とカニカマボコくらいには違う。

アラーム役となって二日目。俺の荷物は初日の五倍近くに膨らんでいた。すべて掃除用の道具だ。その上、俺が乗り込んだのは始発。六時前の田端を、雑巾《ぞうきん》やらゴム手袋やらマスクやらはたきやらの入ったトートバッグを両手にぶら下げて歩いている。

我ながら真面目《まじめ》が過ぎる。どうしてこうも、人から言われたことを完璧《かんぺき》にこなそうとしてしまうのか——と、いつもなら自己嫌悪《けんお》に陥るところだが、今回は大義名分がある。

信じられない話ではあるが、俺が言われたことを遂行しないと、世界中であの実証実験のようなことが起こり、世界が終わるらしい。

恋がどうとかいう話は未来から好き勝手言われてもどうしようもない。当事者の気持ちの問題だ、俺を含めて。

とにかくこれは、世界を救うことにつながる重大な使命——の、はず。

たとえそれが、超弩級《どきゅう》ズボラ人間の部屋を片付けろという理不尽な内容だとしても。

今日も一応インターホンを押した。当然なんの反応もない。なにせ六時前だ。あの三澄が起きているわけがない。

鍵《かぎ》を探す前にドアノブに手をかける。予想どおりドアは開いた。どうやら彼女には鍵をかける習慣がないらしい。デジタルの分野ではあれほどセキュリティシステムにこだわっているのに不思議だ。

玄関のドアを開ける。

それとほとんど同時に、廊下の先に見える部屋の真ん中で三澄がむくりと起き上がった。

昨日のとは柄の違うエイリアンのTシャツを着ている。柄は違うがヨレヨレ具合は似たようなものだった。

「……早くない？」

ほとんど目を閉じたまま、三澄はそう言った。

「六時前だ」

「バカじゃないの。今寝ようとしてたところなんだけど」

なるほど。起こしてしまったのではなく、寝付くのを邪魔してしまったらしい。

「今日は上履きをもってきた」

「うわばき……なんだっけ、それ」

「これだ」

と、俺は左手にさげていた大きなトートバッグから上履きをとりだした。それを履いて廊下を進む。

三澄は全身の力が抜けたように、キャンプ用マットレスの上にばたりと倒れた。

「なんでこんなに早いの。先生の指示？」

「いや。今日はあれだ。この部屋を掃除しようと思って」

「誰が」

「俺が」

「なんで？」

「汚いから」

「そう、助かるわ、ありがとう、うれしくて涙が出そう。終わったら教えて、おやすみなさい」

そう言って寝袋にモゾモゾと潜り込んでいき、ほんの数秒後にガバリと起き上がった。

「なに言ってるのよ。勝手にあちこち触られたら困るに決まってるでしょう」

「じゃあ一緒にやろう」

「眠いのよわたしは」

「お詫《わ》びに手土産買ってきた」

駅前のバーガーショップの袋を手渡す。幸いまだ二十四時間営業をしぶとく続けている店舗だった。三澄は不審げに受け取り、紙袋の中をのぞきこんだ。

「アップルパイ」

「二つ買ってきたぞ。このガラクタたち、いるかいらないかの判断をしてもらいたいからな。頭はギンギンに冴《さ》えさせといてくれ」

「……ふーん」

三澄は壁に体を預けるように体育座りして、アップルパイをかじった。

「念の為聞くんだが、掃除機ってあるか」

「あるわけないじゃない。なにに使うのよあんなもの」

「掃除に決まってるだろうが。掃除機だぞ」

「ないわよ」

だろうと思ってはいた。俺はトートバッグの中からハンディクリーナーと、小さい箒《ほうき》とちりとりをとりだした。パワーは劣るがとりあえずこれを使うしかない。

「なにそれ」

「小型の掃除機だ。後生だから、まずはあの廊下のやんちゃな砂利をなんとかさせてくれ。あと窓を開けさせてくれ」

「お好きに」

部屋の奥の分厚いカーテンを開け放つと、三澄は目を細めて、まぶしっ、と呟《つぶや》いた。引き戸の窓は下半分が曇りガラスになっていて、左側には派手にヒビが入っていた。

「なんだよこのヒビ」

「……さぁ？」

三澄は小首をかしげた。

「最後に見たとき、そんなヒビあったかしら」

「おい、最後に見たときってどういうことだよ」

「普段カーテンなんて開けないから」

「換気とかは？」

「しないわ」

「カビの温床かそれは!!」

俺は三澄の寝袋を指差して叫んだ。叫ばずにいられなかった。

窓を開け放ち、すぐさまトートバッグからマスクとゴム手袋を取り出して装着した。

「ちょっと、失礼じゃない、なんなのよその重装備」

「自己防衛だよ。寝袋を寄越しなさい！」

緑色の寝袋に手をかけると、三澄も逆の端を摑《つか》んだ。

「なんでよ！」

「干す！」

「いやよ！　自分の匂《にお》いがついてるほうが落ちつく！」

「犬みたいなこと言うな！」

三澄から寝袋を剝《は》ぎ取るのは簡単だった。彼女は利《き》き手にアップルパイを持っていたからだ。

「……謀《はか》られたわ。最初からこのためにアップルパイを買ってきたのね。妙に気が利くと思った」

「そのとおり――と、言いたいところだが、さすがにそこまで考えてはない」

寝袋を抱え込み、トートバッグから雑巾を取り出す。

「今度はなによ、見たことないものばかり出てくるじゃない」

「おい嘘《うそ》だろ……、雑巾だよ雑巾」

「へぇ。生で見るの初めてだわ」

「それは奈良の大仏とかを前にして言う台詞《せりふ》だろ……」

ぼやきながら窓を開けて、俺の思考がフリーズした。

ベランダには何袋ものゴミ袋が堆《うずたか》く積み上げられていた。

そのまま窓を閉めて深呼吸した。深呼吸したら今度はくしゃみが出た。長らく干していない寝袋をぶん回したからだろうか。

「なにしてるのよ、開けたり閉めたりくしゃみしたり。花粉症？」

「いやなんか、見てはいけないものを見た気がして」

もう一度くしゃみをしてから天井を見上げ、意を決して三澄に言った。

「三澄、ベランダにあるゴミ袋はなんだろう」

「ゴミよ、もちろん」

「どうしてベランダに？　まさか北区では家庭ゴミを回収してくれないのか？　ん？」

三澄はしばし真剣に考え込んでから言った。

「言われてみればそうかもしれないわ」

「そんなわけねぇだろ！　二十一世紀だぞ！　いつのだよこのゴミは！　まさか生ゴミじゃないだろうな！」

「夏になる前に出すつもりだったわよ、安心して」

三澄はそう言って、アップルパイの最後の一口を食べた。

ダメだ、三澄と話していても埒《らち》があかない。スマートフォンでこの場所のゴミの日を調べる。

なんという幸運だろうか、今日は燃えるゴミの日だった。時間的にも間違いなく朝の収集に間に合う。

俺はゴミ袋を持てるだけ鷲掴《わしづか》みにし、一階のゴミ捨て場に向かった。合計で六往復を要してやっとベランダからゴミ袋がなくなった。三澄は俺の労働に露ほどの興味もないようで、黙々とノートパソコンのキーボードを叩《たた》いていた。もう文句を言う気力もない。

ゴミ袋を捨てきって、やっとベランダの掃除に着手できる状態になった。当然のことながら汚れが凄《すさ》まじく溜《た》まっている。から拭《ぶ》きで拭き取り、雑巾を濡《ぬ》らしてから本拭きし、もう一枚の雑巾で水気を拭き取った。

手すりに寝袋をかけて、自宅から持ってきた布団《ふとん》ばさみで固定する。

「なんか、あなたみたいなキャラクターいたわよね。ポケットからなんでも出てくる、青いタヌキみたいなの」

「彼はこんなに掃除に特化はしてないし、タヌキと呼ぶと怒るぞ。アレは猫型だ」

「へぇ」

大して感心もせずに三澄は言った。

床に投げ出していた箒とちりとりで廊下の砂利を集める。取り切れなかった細かい砂はハンディクリーナーで吸い取った。あくまで応急処置だ。これでもまだ裸足《はだし》で歩ける状態ではない。だが、最悪な状態はこれ以上は続かない。なにせ、掃除は始まったのだ。

　ハンディクリーナーの電源を切って、三澄のいる部屋に戻った。

「さて、まずは仕分けから始めよう。この部屋はとにかく物が多すぎる。捨てられるものは捨てよう。じゃないと人間の生活ができないぞ」

「ないわよ捨てられるものなんて。この部屋にゴミなんて一つもないわ」

「じゃあこれはなんだ？」

　手近に転がっていた、丸められたＡ４用紙を三澄に突き付ける。

「あぁ、それはゴミね」

「これは？」

　床に転がっていた小さなプラスチック片を拾った。

「それは壊れたエンターキーよ。強く叩きすぎて飛んでいっちゃったの。そんなところにあったのね」

「また使うのか」

「新しい端末を買ったわ。エンターキーのない計算機でどうやって仕事しろっていうのよ」

「つまりこれはゴミなんだな」

「そうとも言うわね」

「あと昨日から気になってたんだが、これはなんなんだ？」

床に放ってあったセガサターンのコントローラーに手を伸ばす。ボタンは摩耗していて使い古しだとわかる。

「大っきいエイリアンを買ったときに付いてきたの」

「これが!?」

「わたしにもなんの操作機なのかよくわかってないわ」

「その記憶、確かか？　俺の知る限り、等身大エイリアンのおまけにこんなものをつけるイカれた店は日本に一軒もないぞ」

三澄は目を丸くした。

「よくわかったわね。アメリカの店よ。ボストンのTreasure Kingって店で買ったの」

「使う予定あるのか、このコントローラー」

「予定もなにも、なんの道具なのかわかってないわ」

「もしかして、ゴミなんじゃないか」

「もしかすると、そうかもしれないわね」

一事が万事、そんな感じだった。

この部屋にあるガラクタのうち有用なものは半分以下、実際に現在進行形で使われているものはその一割くらいだろう。

「今日一日でどうにかなるもんでもないだろうな、これは……」

「えっ。じゃあ明日もこんな時間にくるの？」

「片付くまではな。それが嫌なら協力しろ」

「なんて卑劣なの、脅しじゃない」

「お前の部屋を片付けてるんだぞ俺は！」

「……わかったわよ、片付くまでは我慢するわよ」

とことん手伝う気はないらしい。

床にはガラクタだけではなく、脱ぎっぱなしの靴下やTシャツも散乱していた。

「あぁもう、洗濯機に入れろよこういうのは！」

「え、まだ履けるわよ、それ」

言葉を失った。

「おい嘘だろ、洗わないでまた履く気かよ」

「靴下って洗うの？　消耗品だと思ってた。表で四日、裏で三日履いて捨ててるけど」

マジかよコイツ。

「ちなみにこれは、何日目だ？」

「裏返してあるから、先週のやつじゃないかしら」

「汚物!!」

思わず手を離した。

「なによ失礼ね。そんなに汚くないわよ。帰ってきたらすぐ脱いでるんだから」

「信じられん、人間の尊厳をどこかに放り投げてきたのかお前は」

こんな不意打ちが続いてはこちらの精神が崩壊する。

「ねぇ。あなたのほうがちょっと過敏なんじゃないの、もしかして」

「あぁよくぞ言ってくれたよ、そのとおりだ。さっきから気が狂いそうだよ」

「そう、相性最悪ね、わたしたち」

そう呟いて、三澄はノートパソコンに視線を移した。

あれ、これでいいのだろうか。

そもそも、この三澄翠と恋をする、というのが未来の三澄の思惑だったはずだ。

言葉が強すぎただろうか。

「まぁ——掃除のし甲斐《がい》がある、とも、言う」

とってつけたようなフォローを入れたが、三澄の反応はなかった。

部屋のガラクタ整理にはほどほどで区切りをつけて、廊下の雑巾掛けをした。すべての砂をとりきるまで四度の重ね拭きを要した。どうやらこの砂利の出どころは部屋の奥にある化石採掘の岩盤らしい。

意外にもシンクは悲惨な状態にはなっていなかった。まず、料理の行われている形跡がまったくない。

時間が経《た》つのはあっという間だった。廊下をきれいにして、部屋に散乱していた衣服のたぐいを洗濯した。上がった成果はそれくらいだ。小さな、しかし偉大な一歩と言える。

幸いにも洗濯機は乾燥機能付きのドラム式だった。我が家のものより遥《はる》かに上等なのに、恐らくその利便性はほとんど発揮されていない。

最初にまわした洗濯物は九時過ぎにはホクホクに乾いていた。

「おい三澄、そろそろ出るぞ。シャワー浴びろよ」

「え？　今日は眠くないからいいわよ」

「シャワーとはな三澄、眠気を覚ますためではなく体を洗うために浴びるものなんだぞ」

「じゃあなおさら必要ないわよ。昨日浴びたし」

「毎日浴びなさい。大事な会議なんだろ。そんなボサボサの髪の毛で参加したら信用失うぞ」

「うるさいわね……」

三澄はしぶしぶとノートパソコンを閉じて立ち上がった。

欠伸《あくび》をしながらバスルームに入っていく。

「ちょっと待て」

洗濯機から取り出したバスタオルを三澄に渡す。受け取った三澄はぼんやりとタオルを見下ろしていた。

「温かい……」

「これが乾燥機のすごさだぞ。洗濯物を突っ込んでスイッチを押せばホクホクになって出てくる。ちゃんと使え」

「母親みたいね、万里部くん。ありがとう」

三澄はそう言って扉を閉めた。

しばし、バスルームの扉を見つめる。

三澄の口からありがとうなんて言葉が聞けるとは思わなかった。

気を取り直して、バスルームの前に三澄の着替えを用意する。確かに、まるで母親だ。

改めて部屋を見渡す。四十五リットルのゴミ袋六つ分のゴミが新たに出たが、雑然とした印象は変わっていない。なかなかに手《て》強《ごわ》い。まず物に対して収納スペースがなさ過ぎる。大きな棚が二つは必要だ。

ふと、三澄の定位置となっている折りたたみ式マットレス付近の大きいダンボールが目に入った。蓋《ふた》は開けっぱなしになっている。逆に言うと、あんな大きなダンボールに意識が行かないくらいに部屋が雑然としているわけだ。

「なんなんだよこれは――」

覗《のぞ》きこむと、中には調味料や米、袋麺《めん》や缶詰などが入っていた。調理の必要なものには手はつけられておらず、栄養補助食品のクッキーやゼリーばかりが開封されていた。食べ終わったゴミはそのまま周辺に放置されている。

「ゴミがないなんてよく言えたもんだよ……」

そのゴミを集めていると、背後でバスルームの扉が開いた。衣擦《きぬず》れの音が続き、黒いパーカーを着た三澄が部屋に戻ってくる。そのパーカーにもかすれたエイリアンが印刷されていた。本当に、どうしてここまでエイリアングッズに囲まれながら本編を見ていないのだろうか。

「おい、このダンボールに入ってる食料はいつのだ」

三澄が首をかしげる。

「先々月、くらい？」

「仕送りか？」

「うん。親から」

三澄は俺の横にしゃがみ込んでダンボールの中をのぞきこんだ。

「日持ちする物ばっかだな。ちゃんと考えて送ってくれてる」

「親はまっとうで、至って普通なのよ。わたしと違って」

三澄の横顔に視線を向けた。無表情だが、どこか寂しげにも見えた。気のせいかもしれないが。

三澄はダンボールの中の瓶を手に取った。みりんの瓶だった。

「どうしていいかわからなかったの。料理なんてしたことないし。たとえばこれ、みりんてなに？　どういう味のするものなの」

「なかなか難しい質問だな」

苦笑いで答える。確かに、みりんの立ち位置を理解するのには料理経験が必要な気がする。

「よくわからないけど、捨てるのも申し訳なくて。万里部くん使う？」

「それも悪いだろ。いいよ、今度料理してやるよ」

三澄が目を丸くする。

「万里部くん、あなた——みりんの使い方を知ってるの？」

「料理はそれなりにするよ。片親だしな」

「そう。てっきり食べるものには無頓着《むとんちゃく》だと思ってたわ。マズいコーヒー平気で飲んでたし」

「まぁ、ここで言う分には許す。確かにあの店のコーヒーはうまくはない」

廊下のほうを振り返り、小規模なキッチンを眺める。ガスコンロは一つ。七体の土偶が不当に占拠してはいるが火は確保できるわけだ。炊飯器も電子レンジもないから米は鍋《なべ》で炊《た》くしかない。みりんを使って作れるのは——煮物とかか？

「まぁ、なんか考えとくよ。とりあえずあの土偶をどかそう」

「あぁ、土偶ね。毎回この仕送りに小さな土偶が入ってるの。どうすればいいかわからなかったから取りあえずあそこに置いてる」

俺はしばし考えた。

娘への仕送りに毎回土偶を入れる親は、至って普通と言えるだろうか。

九時半過ぎに三澄の家を出て第一研究室に向かって歩き出した。アラーム役の俺が送迎する必要もないが、どうせ駅も同じ方向だし、三澄の部屋に一人で残るのもおかしい。かろうじて時間を潰《つぶ》せる施設も駅周辺に密集している。

「ねぇ、万里部くん」

線路を跨《また》ぐ陸橋につながる緩やかな坂道を歩きながら三澄が呟いた。

「なんだ？」

「昨日、わたしの鞄《かばん》、勝手に見たわけじゃないのね」

三澄は俺の目を見て続けた。

「あなた、潔癖性なんでしょう。掃除するときにゴム手袋までつけるような人が、人の鞄を勝手に漁《あさ》るとはどうしても思えないのよね」

「誤解が解けてよかったよ。漁ってない」

「じゃあなんで――」

そこで三澄の言葉は尻窄《しりすぼ》みになった。

あの、ＨＣＬプロジェクトとやらのことだろうか。

聞き返そうと思ったが、昨日の激昂《げきこう》した三澄が頭をよぎり、こちらからなにかを言うのはやめた。

改札の前で立ち止まる。

「万里部くん、このあとどうするの」

「今日は大学の講義がある。第二研究室でちょっと作業してから移動するよ。マニュアルに目を通すだけになりそうだけど」

「大学って、確か高田馬場よね」

「あぁ。十時半からだからちょっと時間がある」

「第二研究室の一階、簡単な仮眠スペースもある。その辺の店よりは落ちつくわよ。万里部くんも朝、だいぶ早かったでしょ」

三澄はそれだけ言って、ショルダーバッグのベルトに手をかけて第一研究室に向かって歩き出した。俺は立ち止まったままその後ろ姿を見つめた。

第二研究室にいても警戒されないくらいの信頼は勝ち得たのだろうか。

「じゃあ使わせてもらうよ、ありがとう」

三澄の後ろ姿に向かって言った。三澄は前を向いたまま小さくうなずいた。

こうやって眺めると、年相応の幼さが残る普通の少女の背中だ。

眠気はあるが、残念ながら仮眠をとっているような余裕はない。三澄の姿が見えなくなってから、第二研究室に向かった。

講義を受ける前にやるべきことがある。

未来の三澄への経過報告だ。

第二研究室の地下に降りて、管理端末の認証をパスする。

認証が通ったのと同時刻に、俺宛《あて》のメッセージが二〇三一年から届いていた。

未来の三澄からのメッセージだ。

『一日じゃまるで片付かなかったでしょう』

『二週間はかかる。このメッセージを送ってる三澄がどんな部屋に住んでるのか考えるのも怖い』

『仲良くなれた？』

今日のことを思い返す。

自分でも驚くほどに、三澄の姿が鮮明に脳裏に浮かんでくる。ダンボールを見下ろす横顔、アップルパイをかじる顔、年相応の後ろ姿。

接触頻度が高いし当然と言えば当然、か――。

『多少は。それより聞きたいことが溜まってる』

『どうぞ。答えられる範囲でなら』

『ＨＣＬプロジェクトってのはなんだ』

『わたしがあなたのことを信頼すれば自分から説明するはず。ただ、笑わないで聞いてあげればいい』

笑わないで――？

世界が終わるとか、そんな状況の中で、どういう内容だと笑ってしまうんだ？

しばし考えたが、なにも思いつかなかった。

これについては未来からではなく、現在の三澄から聞くしかないのか。

『別の質問をする。三澄は、この通信機のログは絶対に消えない仕様になっていると言っていた。その例外が起こり得る可能性はゼロに近いとも』

『その例外がまさしく、未来の自分がログ消去の操作をしかけてくること。わたしはこの通信機の仕組みを完全に理解している。バックドアになり得る部分もわたし自身は知っている。昨日のわたしは未来永劫《えいごう》、自分が万里部くんに接触するはずがない、と思っていたってこと。これからその確信は揺らいでくるかもしれないけど』

現に二〇三一年の三澄はこうして接触してきている。

これでまた一つ、相手が三澄だと信じるに足る情報が増えたわけだ。

三澄からのメッセージがまた届いた。

『他に質問は？　これからのことに関しての指示は必要ない？』

これからのこと――明日以降、三澄に対してどう振る舞うかは、別に聞く必要はなさそうだ。

まずはあの仕送りの米とみりんを使って、なにか真っ当なものを作ってやりたい。

それが世界を救うことにつながる確信はないが、自然とそんな風に思えていた。

『今は必要ない』

そう返答した。

『了解。頼もしいわね。次の報告も楽しみにしてる。Good Luck』

その一文でいつもどおり、すべてのログが消えた。

卒業に必要な単位は三年生までにほとんどとり終えていた。通年で取り組む卒業研究以外には週に一度、木曜日に一コマの講義に出るだけで卒業はできる。

今日がその日だった。

呑気《のんき》に講義を受けている場合なのかは疑わしいが、他にできることもない。

二ヶ月振りの理工キャンパスには垢抜《あかぬ》けない格好をした新入生が溢《あふ》れていた。所属している全学生が真面目に通学したらこのキャンパスはパンクするんじゃないだろうか。何割かの不真面目な学生が適度にサボることが折り込み済みの設計な気がする。もしかしたら統計を専門としている研究室がコンサルしているかもしれない。

一コマだけ受けているのはドイツ文化入門という少人数の講義だった。講師は灰色の髪を坊主《ぼうず》寸前の短さに切りそろえた清潔感に溢れる年配の男性で、最初の自己紹介でベンチプレスを一〇〇キロ上げられると言っていた。見かけに寄らないな、というのが第一印象だった。どちらかというと囲碁クラブとか将棋クラブにいそうな風貌《ふうぼう》だった。だが、言われてみれば胸板は妙に分厚い。

今期の科目登録のときにはすでに広告代理店の内定をとれていたから、どうせなら大学でしか触れる機会のなさそうなものを、と選んだのがこの科目だった。

講義はのんびりとした牧歌的な空気の中、滞りなく進められた。

久し振りに自分が単なる大学生だと思い出した。

それと同時に、あの実証実験で瞬時にとげとげしい濁った結晶となったガラス片のことも頭に浮かんだ。

三澄の部屋の片付けはなんとかなる。

問題は恋のほうだ。

本当にあの三澄と仲良くなれるだろうか。あんなとんでもない部屋で暮らしていて、すぐに人を見下すような人間と。

ＨＣＬプロジェクトとは一体なんなのだろう。三澄は本当に、自分からそれを俺に話したりするだろうか。

初日に屋上で俺を拒絶した三澄の顔が浮かび、第二研究室の地下で俺の胸ぐらを摑んだ三澄の顔が浮かび——最後に、親から送られてきたダンボールを見下ろす横顔が浮かんできた。

気付けば教室に残っているのは俺一人になっていた。第二研究室に戻ってレーザーのユニットを組んでみようとも考えたが、田端は帰り道と反対で時間も中途半端だった。

結局、早めに帰宅して数日分のおかずをまとめて作ることにした。バイトが休みの日はいつも自宅で夕食の準備をしている。これからは多少忙しくなるかもしれない。三澄ほどではないが同居している母もそれなりにズボラだ。二人暮らしが始まってもうすぐ三年。最初は不慣れだった料理も大分板に付いてきている。

みりんくらいは、家にもあったはずだ。

最寄り駅のスーパーで物色しながらメニューを考える。非常に無難だが筑前煮《ちくぜんに》にすることにした。自宅の分と三澄の分で材料を使い回せるし、なにより親からの仕送りのみで作るにはもってこいの素朴な料理だ。栄養補助食品のブロックよりは遥かに家庭的だろう。

　昼過ぎに自宅に着いた。新宿から十分の地下鉄の最寄り駅から歩いて更に十分強。築五十六年の2DKの小さな貸家が俺と母親の住まいだ。外観は空き巣も素通りしそうなほど年季が入っている。内装は気休め程度にリフォームされているが、風呂には古びたバランス釜《がま》が置いてあるし、床はところどころギシギシ鳴る。

　おもちゃのような粗末な鍵で開く玄関は、ワンルームのアパートに無理矢理階段をつけたような空間につながっている。二階に俺の部屋と母親の部屋があり、それがこの貸家のすべてだ。ロケーションの割に家賃が格安なのは建物が古くて狭いからだろう。

　買ってきた食材の封を開け、半分を冷蔵庫にしまった。今日調理する分の下処理を終えて米をといでいるときにチャイムが鳴った。この家のチャイムを押す人間は多くない。宅配便か、千嶋のどちらかだ。今日は後者だった。

「よぉ、昼呑みしにきた」

　ビニール袋を左手に引っかけた千嶋がためらうことなく上がり込んできて、食卓にビニール袋を置いた。

「差し入れ」

チャットだったら語尾にハートマークでも付いていそうな声色だった。

「ありがとう、でもビニール袋は食卓に置くなと何度言えば」

「あ、ごめんごめん」

千嶋が笑いながら袋を持ち上げ中身を食卓に広げていく。

発泡酒とハイボールの缶が二本ずつとルイボスティーのペットボトル、それにミックスナッツが入っていた。つまみは買ってきた本人がほとんど自分で食べる。銘柄の差異はあっても千嶋の差し入れはワンパターンだ。俺と千嶋の酒が二本ずつに、俺の母親のルイボスティーが一本。おかげで母親はテーブルの上のルイボスティーを見ると「あぁ、千嶋くんきたんだ」と気付くようになった。母親は別にルイボスティーが特別好きなわけでもないが、千嶋のこういう気遣いには俺も母親も好感を抱いている。

「お前さー、全然返信くれないじゃんよ」

千嶋は俺に発泡酒の缶を差しだしながら言った。

「返信？」

缶を受け取って答える。プルタブを引いて互いの缶をぶつけて一口飲んだ。あっさりとした苦みが口に拡《ひろ》がり、爽《さわ》やかな後味を残して喉《のど》を通り過ぎていく。実にうまい。これはこれでビールとは別のものとして楽しめる。日本の飲料メーカーの企業努力には頭が下がる。

「既読もつかなかったし」

千嶋は自分のスマートフォンの画面を俺に突きだした。

「あぁ、チャットか。すまん」

言われてみれば前のバイト以来、まともにスマートフォンを開いていない。悶々《もんもん》と、あの実証実験のことを考えてばかりいた。

「なぁ、この前のどういう仕掛けだったわけ？」

「この前？　なんかあったっけ」

「猛暑日だよ猛暑日、勝浦の」

「あぁ」

そうか、あれはほんの二日前か。そう考えるとこの二日は信じられないほど濃い時間を過ごしていた。それこそ、時間旅行をして帰ってきた映画の主人公のように。

千嶋は深刻な表情を浮かべた。

「やっぱりあれか、天気ってもう操作できるような装置が実はあったりすんのか？」

「そんなわけないだろ、陰謀論鵜呑《うの》みにすんな」

半笑いで言いながら、実際は天候予測よりもよほど画期的な装置が実際に稼働《かどう》していることを考えた。

「じゃあなんでだよ。あんなんヤマカンでは当たらないだろ」

「……まぁ、物理学科にいると色んな噂《うわさ》が流れてくんだよ」

「かー！　やっぱそうかよ。そうだと思ったよ。ずりーぞそれは、邪悪なインテリジェンスを神聖な賭《か》けに持ち込むなんて」

「どういう倫理観だよ。言っとくけど先にふっかけたのは千嶋だし、店のメシならノるとか言い出したのもお前だ」

「そうだっけ？　そうだったっけか？」

「百瀬さんに夢中で覚えてないか」

「百瀬さんナァ……どうも男いる気がするんだよナァ」

自然と苦笑いが浮かんだ。このやりとりは百瀬さんがバイトし始めてから数え切れないほどしている。

「いい加減聞いてみろよ」

「彼氏いたらどうすんだよ」

「それこそ賭けてもいいが、あんな美人に彼氏いないわけないだろ」

「なんでそういうこと言うの!?」

今度は声を出して笑った。千嶋の恋愛の仕方は出会ったときから変わっていない。つまり中学から進歩していないということだ。好きな人とかいるのかなぁ、と少女漫画の女の子のように夢見心地でいるうちに他の誰かに持っていかれる。千嶋は見た目も悪くないし女子から悪い評判も聞いたことがない。それなのに決定打にかけるのは、そもそもバッターボックスに立たないからだ。だが、隣で聞いている男友達としてはこういう時間こそが一番楽しかったりもする。

「当たって砕けろよ」

「気まずくなるじゃない」

「ならんだろ。うまくフってくれるって、百瀬さんなら」

「なんでフラれる前提なんだよ！」

ほとんどコントだが本人は至って大真面目である。

「イチローだって打率三割だろ」

「もう引退してるじゃんかよ。野球興味ないくせに。万里部にはわからんのよ、恋する男心ってもんがよ」

曖昧《あいまい》な相槌を返す。

「もう万里部の大学生活も終わるぞ。どうすんだよ、独身のまま、中年のオヤジになっても二人でダベってるかもしれないぞ、おれたち」

「いいじゃん別に。楽しいだろそれも」

「楽しいけども！」

「俺、結婚する気ないし、そもそも」

「あー……」

千嶋がぼんやりと天井を眺めながら言った。こいつはうちの事情もよく知ってる。

「あの父ちゃんなぁ」

千嶋が呟く。まだ父親がいた頃は、千嶋も連れ立って三人で外食したこともあった。

遠い記憶だ。

「似てないけどな、お前と父ちゃん」

「似ないように気を付けてるんだよ。ああいう男になりたくないから」

「うーん、そうかぁ。まぁ万里部がそれでいいなら、それでもいいんだろうなぁ」

千嶋は視線を上に向けたまま腕を組んでそう言った。

「千嶋は早く結婚しろよ。いい父親になるよ、お前なら」

「いや、お前、それは気が早いって。百瀬さんまだ学生なんだから」

呑気な奴だ。

自然と、一石研で抱え込んできた肩の重荷が下りたような気がした。

「今日はなに作ってんだ？」

千嶋が発泡酒をかたむけながら言った。

「筑前煮」

「筑前煮？　相変わらずシブいな」

「みりんと言えば筑前煮だろ」

「みりんを軸に献立考えるの？　変わってるね。みりんってあれ、どんな味すんのかよくわかってないんだけど」

「まぁ、甘味のある酒だよ、ようは。たぶんな」


十九時過ぎに玄関のキーシリンダーがまわり、母親が帰ってきた。

「あぁ、千嶋くん。いらっしゃい」

「お邪魔してます」

「わぁいい匂い」

母親は年季の入ったナイロンの大きなショルダーバッグを食卓に置こうとした。

「だぁ！　鞄を食卓に置くなって言ってんだろ！」

思わず叫ぶ。

「あぁ、ごめんごめん」

「別にいいじゃねぇかよ万里部、母ちゃん働いてきたんだから」

「そういう問題じゃねぇ。鞄を食卓に置くなんて言語道断だ」

母親が千嶋に顔を寄せる。

「細かいよねぇ」

「ですよねぇ」

「違う。俺以外のすべての人間が大雑把すぎるんだよ」

「つまりお前が細かいんだろ」

千嶋が呆《あき》れながら言った。

母親がキッチンにやってきて鍋を覗きこむ。

「肉じゃが？」

「いや、筑前煮」

「渋いね」

「先に手洗ってこいって。うがいも。ちゃんと洗面台で。ここは神聖な調理場だ」

母親は千嶋のほうを振り返り、小声で「細かいよねー」と言った。「ねー」と、千嶋が返す。

筑前煮はおかずとしてもつまみとしても好評だった。目分量で作ったがうまくいったらしい。これなら三澄の部屋のダンボールに入っていた調味料だけで作れる。いい予行演習になった。

「あんた、最近家出るの妙に早くない？　なにしてんの」

母親が食器を下げながら言った。

「え、そうなの？」

千嶋も俺に視線を向けて言った。

「今月から研究室に配属になったから、ゼミみたいなやつで」

「へー、大変だな」

千嶋がそう言ってハイボールの缶に口をつける。

「ちょっとバイト減らしたら？　体壊すよ」

流しの水を出しながら母親が言う。

「うんうん。早く上がらせてもらえば。最近ホールの人増えたし」

千嶋が母親に同調して言った。

「や、金はあって困らん。奨学金もさっさと返したいし」

「最後の学生生活なんだから、なんか学生らしいことすればいいのに。卒業旅行とか」

母親の提案に、何故か千嶋が肩を跳ねさせた。

「え、楽しそう。俺もいく」

「お前はとっくに学生生活終わってるだろ」

「いいだろ別に。大学に友だちいないって言ってたじゃん」

「……まぁ、そうだけど」

「あんた、千嶋くんがいなかったらヒキコモリにでもなってたんじゃない」

あり得なくはない、と思ってしまった。

「お母さん、任せてくださいよ、息子さんのことは。立派な社会人にしてみせますから」

「やかましいんだよお前は」

ため息をついて、ハイボールの最後の一口を飲んだ。

食事を終えたあと、千嶋と二階の自室に移動した。

特別な話題もなく、いつものようにそれぞれの時間をだらだらと過ごす。

千嶋は俺の本棚から漫画の単行本を取り出して読んでいる。覚えている限り、千嶋はこの漫画をもう六周はしているが、毎回同じ所で驚いたり泣いたりしている。ニワトリのような記憶力だが、そのほうが創作物は楽しめるのかもしれない。

俺はその間、三澄の名前を検索して色々と調べていた。科学業界ではそれなりに名が通っているらしく、アメリカの名門大学に入学が決まったことはネットニュースにもなっていた。

記事の写真には今から数年前の、子供と呼べる年齢らしき三澄と、今とそんなに変わらない一石教授が並んで立っている。

別の写真では、今より少し派手な紺色のスーツを着た二階堂さんと、見覚えのない中年男性が三澄を挟んで三人で立っていた。

拡大して見てみると、ややつり上がった目と眉《まゆ》の形が三澄とよく似ている。

「父親、か——」

まっとうで、至って普通。三澄は自分の親についてそう言っていた。真面目に企業に勤めていそうな風貌の中年男性で、確かに、どこにでもいそうではある。

だが、どこにでもいそうないい父親を持つことは、すごく恵まれたことだ。

翌朝、三澄の家に行くと小さな変化があった。部屋のドアを開けたのは七時過ぎ。恐らく三澄はいつも夜通し仕事をして明け方に眠る生活をしている。もう互いにこのアラーム習慣にも慣れてきたし、片付けの方針も立っていた。今日はキッチンだ。三澄が寝ていても進められる。

そう思って、三澄が寝付いたであろう時間を狙《ねら》ったのだが、三澄は起きて待っていた。

「遅かったじゃない。あなた、潔癖性のくせにどうして毎日くる時間がバラバラなのよ。ちゃんと決まった時間にきなさいよ」

三澄は半分閉じかかっている目をじとっと俺に向けてそう言った。

昨日、掃除道具と一緒に置きっぱなしにしていた上履きをはいて廊下に上がる。三澄は眠たそうな目で俺を見上げている。

今日のTシャツも色褪《いろあ》せてヨレヨレに伸びきっている。元々は黒い生地だったのかもしれないが、今は灰色に近い色になっていた。胸元にはなにかの印刷があるが、もはや判別できないほどだった。たぶんエイリアンだろう。

「あなたのせいで完全に二徹なんだけど」

「悪かったな。寝てていいぞ。今日やることは決まってる」

「なにするの」

「キッチンを片付ける」

「キッチン？　なんで？　別に使わないけど」

「俺が使う。親が送ってくれた食材、捨てたくないんだろ。土偶だけどけてくれ。どう転んでも料理には使わない」

「ここで？　料理？　正気？」

「あのな、このマンションのほとんどの住人はキッチンで料理してるぞ。土偶を鎮座させてるのは三澄くらいだ」

「土偶……どこにおこう」

三澄は雑然とした部屋を見回した。当然ながら、小さな七つの土偶を並べられるスペースなどない。

「そのモアイ像の足元に並べればいいんじゃないか」

部屋の右奥からこちらにくぼんだ視線を送っているモアイを指差しながら言った。

「あぁ、それでいいわ。そうしましょう」

のろのろと立ち上がった三澄と、バケツリレーの要領で七体の土偶をモアイの足元に運んだ。これでやっと、意味不明なキッチンから単なる荒れたキッチンに昇格したわけだ。昇格なのか降格なのかは議論の余地があるが。

　等身大エイリアンの足元には昨日持ち込んだ二つのトートバッグが置いてある。そこからゴム手袋を取り出して両手につけた。

「今日は寝てていいぞ。この部屋の状況も大体把握できてきた。キッチンが終わったら部屋に散乱してるもの集めとくから、時間があるときにいるかいらないか判断しておいてくれ」

「万里部くんて……意外に段取りいいのね」

「まぁ、家事に関してはな」

「遠慮なく寝てるわ。正直なところ、死ぬほど眠いの」

「見ればわかる。出る直前に起こすよ」

　そう答えたときには三澄はもう寝ていた。

　予想していたとおり、キッチンには調理器具と呼べるものは一切なかった。本来箸《はし》やフォークが入っていそうな引き出しにはドライバーやニッパーといった工具に、コンデンサー、ダイオードといった電子回路部品が入っていた。もはやこれくらいでは驚かなくなっている自分がいる。クローゼットにエイリアンを立たせるよりは、食器入れに工具を入れるほうがまだ常識的だ。

シンク周りの水垢をとり、排水溝を掃除してゴミ取りの網をつける。埃《ほこり》が溜まっている換気扇を分解して洗ってから、部屋にあるダンボールから調味料のたぐいをキッチンに運び、今日家から持ってきた二つの鍋を重ねてガスコンロの上に置いた。できればコンロは二口欲しいが贅沢《ぜいたく》は言っていられない。

この部屋には冷蔵庫もない。だが幸いまだ春先だ。鶏肉も火を通しておけば一日くらいは保《も》つだろう。

三澄の寝息を聞きながら昨日の手順通りに料理を進める。できれば捨てたくないと三澄が言った調味料を遠慮なく使わせてもらい、根菜類に火が通ってから今度はもう一つの鍋で米を炊いた。換気扇をつけてはいるが、部屋の湿度が高くなっている。

キッチンの掃除にもそれなりに時間がかかり、ご飯が炊き上がる頃には九時をまわっていた。これでも手際《てぎわ》よくやったほうだと思う。

最低限の食器も自宅から持ってきたものの、問題は食器を並べる台がないことだ。不本意ではあるが、仕送りのダンボールを座卓代わりに使うしかない。

「おい、三澄」

一声かけて起きるわけもなく、部屋の真ん中で眠る三澄の肩を揺すってやっと、少しだけ目が開いた。焦点の定まっていない三澄の瞳《ひとみ》がぼんやり俺を見上げている。

「なに、この匂い」

「みりんを使った料理の匂いだ」

「みりん……なんだっけ、それ。聞いたことあるわ」

「三澄の親が送ってくれた調味料だ。あと米も炊いたぞ」

三澄はゆっくりとまばたきをして言った。

「万里部くん、寝言は寝て言うものよ。ここで米が炊けるわけないじゃない」

「水と火があれば米は炊ける。起きて顔を洗ってうがいしろ。アップルパイより健康的な朝飯を食わせてやる」

バスルームに向かった三澄が顔を洗っている間に仕送りのダンボールの中に分厚い本を詰め込み蓋を閉め、ご飯をよそった茶碗《ちゃわん》と筑前煮を並べた。

三澄は前髪を少し濡らしたまま部屋に戻ってきて、ダンボールに並んだ朝食を呆然《ぼうぜん》と見下ろした。

「……これはなに」

「みりんを使った料理」

三澄はキッチンを振り返り、おそるおそる鍋に近づいていって覗きこんだ。爆弾処理班の新人はこういう動きをするかもしれない。

「残った分は今日中に食べてくれ。濃い目に味付けはしたけど、明日の夜までは保たない」

三澄は鍋を見下ろしたままうなずいた。

部屋に戻ってきて、即席のダンボール食卓の前に正座する。

「写真を撮ってもいい？」

「え、写真？　これの？」

三澄は正座のまま俺を見上げて、無言のままうなずいた。

「別にいいけど……、見栄《みば》えは悪いんじゃないか。食卓がダンボールだし、たった一品だし」

「気にしないわ、そんなこと」

そう言って三澄はいつもの帆布のショルダーバッグから古びたスマートフォンを取り出して、不慣れな手つきで写真を撮った。普段、カメラアプリはあまり使わないんだろう。

「ねぇ、これ一人分しかないんじゃないの」

「あぁ、俺は別にいいよ。料理してると腹が減らないんだ」

三澄はむっと眉間《みけん》に皺《しわ》を寄せた。

「これじゃ、まったく生活能力のないわたしが、万里部くんに無理矢理通い妻させてるみたいじゃない」

「事実そのとおりじゃないか」

「せめて一緒に食べる振りくらいしなさいよ、あなたが作った料理なんだから。お皿、これしかないの？」

「一応持ってきてはいる」

「最初から誘われ待ちじゃない。早く用意しなさいよ、待ってるから」

まだ寝起きで低血糖のはずなのに、三澄は既に早口になり始めていた。いつものようなトゲトゲしさは口調からあまり感じない。もしかしたら彼女なりに喜びを感じているのかもしれない。

三澄は俺の分の準備ができるのを待ってから、慇懃《いんぎん》にいただきますと呟いて煮物に箸をつけた。

「正式な名前はないの？　アップルパイがアップルパイと呼ばれるように」

「筑前煮、だな」

「ちくぜんに。不思議な名前ね」

確かに。

三澄は蓮根《れんこん》を口に入れてゆっくり咀嚼《そしやく》した。やはり食べ方はきれいだ。ぼろきれのようなTシャツ姿と妙なギャップがある。

「どうだ、こういう朝飯も悪くないだろ」

「うん、まったくもって悪くないわ」

朝食を終えてから三澄はシャワーを浴びて、いつもの黒いニットに着替えた。先に俺が玄関に出て、そのあと三澄が出てきた。

「外出するときくらい、鍵閉めたほうがいいんじゃないか」

「え、どうして。価値のあるものはここに全部入ってるけど」

三澄は自分のショルダーバッグを叩きながら言った。

「腹を空かせた空き巣がきたら、仕送りの調味料で作った筑前煮食われるぞ」

三澄はしばし考えてから、玄関の鍵を閉めた。

エレベーターを降りて薄暗いエントランスを抜ける。快晴だった。三澄は手でひさしを作りながら目を細めた。眩《まぶ》しそうというより、うっとうしそうという印象の表情だ。

「夏って嫌いなのよね」

「なんかそんな気はしてたよ」

「もう既に夏の気配がする。引っ越そうかしら、夏になる前に」

「どこにだよ」

今だって第一研究室まで十分強、第二研究室まではもっと早く着く。勤務先との位置関係で言えばむしろ近すぎるくらいだ。

「できれば第一研究室と同じマンション。それが無理なら、第一研究室と第二研究室の中間がいいわね」

「中間って、距離にしたら三百メートルもないだろ」

「その三百メートルが、夏場は命とりなのよ」

「雪女の口ぶりだな」

「東北出身だから」

「へぇそうなんだ」

言われてみれば三澄の肌は白い。日焼けを拒絶しているような白さだ。

「嘘よ」

「いらん嘘つくなよ朝から……」

三澄は薄く笑って歩き出した。線路を横切る陸橋に続く坂道を上りながら三澄が言った。

「万里部くん、今日はなにか予定あるの」

「いや？　夕方からバイトがあるくらいだ。講義は週一で、昨日行ってきた」

「そう。じゃあ今日はこのまま第一研究室にきてくれない？」

「え、なんでだ？」

「会議のあとで話したいことがあるから。わたしの部屋で待っててもいいけど」

三澄は前を向いたままそう言った。

献身的なアラーム役が功を奏したのか、決死の覚悟で臨んだ掃除がよかったのか。それとも、筑前煮がよほど口にあったのか。

とにかく——これで未来の三澄から指示された最初の関門は突破できそうだ。

結局、三澄とは駅前で別れて俺は第二研究室で待つことにした。理由付けはそんなに難しくなかった。第二研究室の一階には俺の作業デスクもある。

「レーザーユニットの組み立てに全然手が回ってないから進めておくよ」

「賢明な判断ね。じゃあまたあとで」

三澄はそう言って迷いない足取りで第一研究室に向かっていった。

第二研究室に入り、真っ先に地下に向かう。

結局今日も一階デスクでの作業には着手できていない。その他にやるべきことが多すぎる。しかもその目的は、世界を救うことだ。

操作端末にログインすると、今日は二通の連絡がきていた。

一通は二〇三一年からで、もう一通にはなんの表記もなかった。

未来の三澄の言っていたとおり、確かに相手は非通知で接触してきた。

あの怪文書の相手——別の未来の三澄なのか？

この通信機が起動したその日、『三澄翠と関わるな』と接触してきた相手。匿名《とくめい》で接触してくる相手は他に心当たりがない。

どっちのメッセージを開くべきだ？

未来の相手は遠隔で会話ログを消すことができる。

今の所、二〇三一年にいる三澄が世界を守ろうとしていて、非通知の誰かが不正に過去を変えようとしている――らしい。

すべて二〇三一年の三澄の立てた仮説だ。だが今の俺は彼女を信じるしかない。

現に彼女の指示通りに行動した結果、現代の三澄の信頼を得つつある。

二〇三一年の三澄からの連絡は今日のタイミングを逃してもまたくるはずだ。できることなら未知の相手と接触する前に未来の三澄の助言が欲しかったが。

先に二〇三一年と通信した場合、もう一つのメッセージはそのまま残るのだろうか。ログが消されるときに一緒に消されてしまう可能性もある。

俺は送り主の情報が開示されていない、非通知のメッセージを開封した。

『万里部鉱。あなたから見た三澄翠は、どういう人間？』

送り主は名乗ることもなく質問を送ってきていた。

『質問の意図がわからない。あんたは誰だ。三澄と関わるなって送ってきた奴か？』

『ただ知りたいだけ。どういう印象か』

返答は、こちらからの送信とほぼ同時にきた。

一方的に質問してくるのみ、こちらの質問に答える意思はなし、か。

『こちらの質問に答えないなら、回答する気はない』

『あなたと三澄翠の関係者。それ以外は言えない。今のあなたのことが知りたい。質問に答えて欲しい』

相手の返答についてしばらく考えた。

ただ誤魔化しているだけなのか、それともむやみに未来を観測させないようにしているのか。

少なくともコミュニケーションの意思があることはわかった。

改めて、相手の質問について考える。

三澄の印象、か。

『自分と真逆の人間。絶対に仲良くなれない、というかなりたくない、というのが第一印象、今から三日前の話だ』

『今は？　仲良くなりたくないなら、どうしてこの通信機の前にあなたが座っている？』

『ことの発端はあんたからのメッセージを不用意に開いたことだよ』

『だとしても、わざわざ自分から関わろうとしていなければ、このメッセージを開封することはなかったはず』

まぁ、指摘はもっともだ。

　意思に反して巻き込まれてしまったからとか、なにもしないと自分の命が危ないとか、色々と言いわけしたいところではある。だが確かに俺は既に、かなり積極的にこのリングレーザー通信機と——いや、三澄翠と関わろうとしている。

『仲良くなりたくない、という印象は薄れてきている。真逆の相手ではあると思うが、今は敵対心はない』

『一緒にいて、楽しい？』

『なんなんだその質問は』

『単なる好奇心』

『つまらなくはない。あと三澄は食べ方がきれいだ』

『そう、わかった。ありがとう。さようなら』

　そのメッセージが届いて間もなく、通話ログはすべて消えた。一覧画面に戻ると、やはり二〇三一年からのメッセージも一緒に消えていた。

　事情を知っている未来の三澄ならまた改めて接触してくるかもしれない。そう思ってしばらく空のリストを眺めていた。

　結局そのあと画面に変化はなく、俺は一階のロッカーに上着を戻して作業用のデスクに引き上げた。

　デスクには見覚えのないＡ４用紙が二枚置かれていた。三澄のマニュアルだった。文章の解説はなく、部品に番号を振ったリストと回路図がそれぞれ別の用紙に印刷されていた。

　電子回路は唯一《ゆいいつ》、大学で学んだ知識が自分の中に蓄積されている分野だ。細かい作業が性に合っていたのかもしれない。このマニュアルさえあれば作業に困ることはなさそうだ。

　リストの部品を実際のものと照らし合わせていると、入り口の自動ドアが開く音がした。

　最初に現れたのは三澄で、そのあとに一石教授と二階堂さんも入ってきた。

「や、万里部くん」

　一石教授が手を軽くあげながら言って、地下への階段を指差した。

　組み立て作業を切り上げて、もう一度上着を羽織って地下に降りる。

　三澄はリングレーザー通信機の端末の前に座ってキーボードを叩き始めた。

　一石教授がその隣に腰掛ける。

「料理が得意なんだね。見たよ、筑前煮。渋いね」

　イタズラっぽい笑みを顔一面に浮かべて一石教授が言った。

「三澄くんがね、実に嬉《うれ》しそうに写真を見せてくれた」

「別に嬉しそうになんてしてないですけど」

三澄がぶっきらぼうに言った。

「いやぁ、嬉しそうだったよねぇ、二階堂くん」

一石教授はキャスター付きの椅子《いす》でくるくる回りながら言った。

今日もスーツ姿の二階堂さんがさわやかに微笑《ほほえ》む。

「ですね。それに万里部くんのアラーム、性能は世界一だ。翠を三日も遅刻させてない。これはちょっとした奇跡だよ」

「バカ言わないでよ泰兄」

三澄はキーボードを叩きながら言った。

二階堂さんが肩を揺らして笑う。

「だが、四日目はどうかな。いつまで続くか楽しみにしてるよ」

「うっす」

どう答えていいかわからず、軽めの相づちを打った。

「いや実際ね、万里部くん」

一石教授が椅子の回転を止めて言葉を続ける。

「おかげで会議も順調。三澄くんの追加機能実装の報告も正確だし」

「今度、万里部くんにはお礼をしないとね」

二階堂さんはそう言って俺の肩を叩いた。

一石教授が椅子をくるりと回して三澄のほうに体を向ける。

「三澄くん、映像通信機能って、いけそう？」

「えっ」

思わず声が出た。

映像通信機能？

三澄は、未来と通話できる機能を作っているのか。それが完成すれば、二〇三一年の三澄の姿や――さっき接触してきた怪文書の主の顔が見えて声も聞けるということか。

「レーザーダイオードの光量が今のままという制約条件下だと、データ圧縮プログラムに一工夫必要ですね」

二階堂さんが俺の耳に口を寄せた。

「彼女はああやって一工夫、と言いながら今までいくつも特許技術を開発してきたんだ」

驚いた俺に、二階堂さんは嫌味のないウィンクをかました。こんなにスマートにウィンクできる人間が日本にいるとは思ってもみなかった。

「でも、できるんでしょ、三澄くん」

一石教授の声には期待が滲《にじ》んでいた。

「えぇ、できますよ」

「やったね」

　一石教授はそう言ってまたくるくると椅子に座ったまま回りだした。

「万里部くんのほうは？　交換用ユニット、作れるようになった？」

「さっきやっとマニュアルに目を通せたところで。そんなに難しくなさそうだな、とは」

「まぁ色々、万里部くんも忙しそうだしね、イロイロ」

　一石教授が白々しい笑みを浮かべながら言った。二階堂さんも小さく笑う。

「まだユニットの在庫はあるみたいだし。優先順位は料理と拮抗《きっこう》しているかな」

「仕事優先に決まってるでしょう」

　三澄が画面に顔を向けたまま言った。

　一石教授は椅子からゆっくりと立ち上がった。

「じゃあ私たちはいこうかね、二階堂くん」

「ですね。翠、また明日」

　二階堂さんと一石教授は連れ立って階段を上がっていった。

「なにしにきたんだ、あの二人……」

「駅前のタクシー捕まえるついでに冷やかしにきたんでしょ」

　三澄と二人になり、俺は一石教授が座っていた椅子に腰掛けた。

一階からはまだ二人の気配がしていたが、やがて玄関扉の開閉音がして静かになった。

三澄はしばらくキーボードを打っていたが、最後にバチンとエンターキーを押して手を止めた。

「さっきの話だけど――」

いよいよくるか。俺は密《ひそ》かに息を呑んだ。

三澄が体ごとこちらを振り返り、きっぱりとした口調で言った。

「本当に、全然嬉しそうにしてはないのよ。ただ、あの写真を見せて筑前煮の話をしただけで」

「……あぁ」

思わず小さく噴き出した。さっきの一石教授の話か。

「わかってるよ。そもそも若者が大喜びするような料理じゃないし」

そう言うと、三澄は何故《なぜ》かムッとした。

「別にそこまでは言ってないわよ。美味《おい》しかったし。親も感心してたわ」

「親御さんにも送ったのか」

「文句あるの」

「いや、ないよ。次からダンボールじゃなくてまっとうな食卓に並べたいな」

三澄はうなずいた。

「その話より、朝言ってた話のほうが気になるんだが」

「……わかってる」

三澄はそう言って机の上に投げ出していたショルダーバッグを手に取った。

中に手を入れ、一旦動きを止める。

「最後にもう一度聞くけど。万里部くんは勝手にこの鞄を漁ったりしてないのよね」

「あぁ、してない。中になにが入ってるのかも知らない。ただ、その鞄が凶器になるくらい重いことは知ってる」

「信じるわよ」

三澄はそう言って、鞄の中から一冊のノートを取り出した。Ａ５サイズ、だろうか。学校で使っていた学習帳よりは一回り小さい。国内の老舗《しにせ》メーカーのシンプルなデザインのノートで、表紙にはマジックで『HCL PROJECT』と書いてあった。

「三澄は、それを勝手に見られたと思ったわけだな」

三澄は顔の前にノートを掲げたままうなずいた。

「一応聞きたいんだが、あんなに激昂するほど人に見られたくないノートを、どうして俺に見せてくれるんだ」

三澄はノートで口元を隠したまま、まっすぐ俺を見つめている。しばらく沈黙が続いてから三澄は口を開いた。

「万里部くんなら、力になってくれるかもしれないと思ったから」

俺は後頭部をかいてから、小さくうなずいた。

「まぁ、できる範囲でならな」

「絶対にできるわ。今日まであなたを見ていて確信した。だから万里部くんの意思を聞いておきたいの。これはわたしのプライベートな計画なんだけど、手伝ってくれる意思があるか」

絶対にできる、か。

この三日で、俺のなにが三澄にそこまで言わしめたのだろう。

なんにせよ、今の俺に断る選択肢はない。自分の命がかかっているんだ。あと、世界そのものの命運も。

「もう答えただろ。できることなら手伝う」

「約束よ」

俺がうなずくのを確認して、三澄は口元を隠したまま、ゆっくりノートを開いた。

最初の見開きページが向けられる。

そこには――

「ハ、ハッピー、キャンパス、ライフ……？」

三澄が小さくうなずく。

「Happy Campus Life」

ネイティブイングリッシュが飛んできた。

楽しい大学生活、というところだろうか。大学のガイダンスで配られる冊子にも掲載を躊躇《ためら》うコテコテの文言だ。

本気なのか？　答えあぐねていると三澄が口元を隠したまま言った。

「普通の大学生活を送りたいの。ねぇ、万里部くん。あなたって普通？」

まっすぐな視線を俺に向けたまま三澄が言った。悪意はないのだろう。少し考えてから曖昧にうなずく。

「まぁ、たぶん」

三澄は掲げていたノートを下げた。口を真一文字に閉じたまま小さな鼻を膨らましてにんまりと笑っている。

「そうよね。そうだと思ってたの。あなたがここにきたときから。すごく普通の人なんだろうって」

失礼な奴だな、と喉まで出かけた。目的を忘れてはいけない。彼女に、恋をさせるんだろう。

「万里部くん。わたしから、あなたに重大な研究テーマを与えるわ」

「……だいたい流れは読めてるけど、一応聞くよ」

「わたしが普通の大学生活を送れるようにサポートして。あなたにとっても有意義な研究テーマになるはず」

苦笑いを堪《こら》えながら天井に目を向けた。

ＨＣＬ——ハッピー・キャンパス・ライフ。

天才の考えることはやっぱりよくわからない。

「聞きたいことはいくつかあるんだが」

「なんでも」

「三澄の言う普通の大学生活ってのは、具体的にどういうもんなんだ」

「いい質問ね。要件定義がなされないことには手伝いようがないってことでしょ。ふふん、やる気満々ってわけね」

目を細め、満足気な微笑を浮かべながら三澄が言った。

「わたしはね万里部くん、本気なのよ。本気で普通の大学生活を体験してみようと思ってるの。……いいえ、普通の大学生になろうとすら考えてる。そのわたしが丸腰だと思うの？　そんなわけがないでしょう。当然、完璧《かんぺき》に理論武装してるわ」

悦に入った三澄の自問自答にとりあえずうなずきを返す。三澄が続ける。

「でも、とてもいい着眼点よ。普通という状態は確かに定義しづらい。定量的な変数を設定するのはまず無理ね」

「ちょっと一旦《いったん》止まってくれ」

三澄が首をかしげる。俺は続けた。

「今って、普通の大学生活についての話をしてるんだよな？」

「そうだけど」

「テーリョーテキ、な、ヘンスー？　そんなもんは、少なくとも俺の知ってる普通の大学生活を語る上では出てこないんだが」

三澄はこれ見よがしに大袈裟《おおげさ》なため息をついた。

「だからこう言ったでしょ。定量的な変数を設定することはできない、って。ちなみに、あなたが次に言うこともわかってるわよ。こう言いたいんでしょ？　だったら定性的には評価できるのかって」

自信満々に微笑《ほほえ》みながら、三澄はトンチンカンなことを言った。しかもまだ続くようだ。

「ねぇ、人間が神経の仕組みに気付く前から、神経に作用する薬は存在していたのよ」

「神経⁇」

どんどん本来の話題から遠ざかっていく。

「薬という完成形がまずあって、それを分析することで構成分子の特性が明らかになり、人体の科学的理解もより深まった。なにが言いたいか、わかるわよね？」

わかるわけがないのだが、とにかく彼女の気の済むまで喋《しゃべ》らせてみよう。

「ＨＣＬプロジェクトでも、同様のアプローチを試みます」

「……つまり？」

「つまり、世の中に溢《あふ》れている普通の人の行動を観察、部分的に再現・分析しそれを統合することによって最終的に普通の大学生を目指します」

三澄は『HCL PROJECT』と表紙に書かれたノートを掲げて見せた。

「万里部くんに手伝ってもらうのもこのプロセス。つまり世の中の普通の大学生を代表して分析対象になってもらう。もちろんすでにある程度の調べはついてるわけだけど、生のデータをとるのはこれが初めてだから」

「調べはついてる、ねぇ」

「有意なデータがとれれば卒業研究の評価は約束する。サクッと卒業確定するわよ。アラーム役と交換用ユニットの組み立て、それに密着取材で四大卒業なんてお得じゃない」

「三年間真面目《まじめ》に通ってんだぞこっちは、一応」

と言いつつ少し考えた。悪い話ではない。三澄が言っているのはつまるところ、俺の日常を見たいってことだけだ。人に見せるほどのものでもないが、かといって見られるのが恥ずかしいほど怠惰な生活を送ってもいない。

特に目指すものも夢中になるものもない、量産型の中堅大学生だ。……確かに三澄の言うとおり、俺の日常は普通の大学生のサンプルとしては最適かもしれない。

「OK、わかった。つまり俺はいつもどおりの大学生活を送ればいいんだよな」

そう答えると、三澄の瞳《ひとみ》が煌《きら》めいたように見えた。

「手伝ってくれるのね」

「因《ちな》みになんだけどさ」

「うん？」

いつになく上機嫌な三澄が小首をかしげる。

「俺の他に、こういうことを頼める友人はいないのか？　たぶん、三澄が参考にするなら女子のほうがいいわけだろ」

「もちろんいないわ」

こともなげに三澄が言う。

「普通の大学生活に、友人って絶対に必要なものなの？」

「えっと……」

そう言われると難しい。俺自身もだんだんわからなくなってきた。そもそも普通の大学生活ってなんなんだ？　結局その回答は得られていない。うまいこと煙に巻かれたような気がする。

「まぁいいわ。まずは万里部くんの一日を見せてもらって、友人が必要だと判断すれば検討します」

友達ができない人間のお手本のようなセリフだった。既になにかがズレている気がするが、俺に求められているのは、俺自身の普通の一日を過ごすことだ。

「一日を見せるのは構わない。ただ、こう見えてそれなりに真面目に単位は取ってきたから、今期は週に一回、木曜にしか大学に行ってない」

「わかった。次の木曜日にしましょう」

ＨＣＬプロジェクトの全容は、未来との通信機を開発した人間の極秘プロジェクトにしては、随分こぢんまりとしたものだった。その翌日もアラーム役を務め、三澄を送り届けてから第二研究室に向かった。

今日は一通しか届いていない。二〇三一年からだった。

『前回のメッセージには返答がなかったわね。なにかトラブル？』

『怪文書の相手が接触してきた』

『状況説明を』

未来の三澄からの文面はいつも単純明快だ。

俺は昨日の状況を伝えた。

『匿名《とくめい》のメッセージを選んだのは正しい判断。遠隔のログ消去はアカウントのメッセージを全消去するしかない。わたしからの連絡を開いていたら貴重な接触機会を失うところだった。万里部くんは相手にどういう印象を持った？』

『敵対心は感じなかった。印象と言えるのはそれくらいだ。簡単なやりとりだったし、なにより文面だけだったから』

　そこまで書いて、昨日一石教授が三澄に言っていたことを思い出す。

『あと、こっちの三澄は今、映像通信機能を開発しているらしい。一工夫すれば作れないこともない、みたいなことを言っていた』

『その機能が実装できれば相手の正体と目的もわかるかもしれない。待ちましょう。本業の進展は？』

　本業――三澄との関係構築がとうとう本業になってしまった。

『ＨＣＬプロジェクトのことを話してくれた。今度、俺の普通の一日を見たいらしい。正しい歴史に少しは近づいているのか』

『一日密着、よく覚えてる。事態は最悪の状況を脱しつつあると言える。その調子で。Good Luck』

　講義のある木曜日。待ちあわせ場所は高田馬場ではなく、当然ながら三澄の部屋だった。

「わたしが午前中に一人で起きられるわけないじゃない。なに言ってるのよ」

と、待ちあわせ場所を確認した俺のほうが一喝されてしまった。

この一週間でアラーム役兼家政婦役も大分板に付いてきた。作った料理もピーマンの肉詰め、ハンバーグ、餃子《ギョーザ》、炒飯《チャーハン》、カレーとやたら充実している。俺のレパートリーが偏《かたよ》っているせいで朝食らしからぬメニューばかりだった。それでも三澄は毎回料理の写真を撮って、朝からもりもりと食べていた。モデルのように細身の体が、この一週間の食生活でも維持されているのが逆に不思議だ。あの炭水化物は一体どこに消えているのだろう。

いつもの通話会議を終えた三澄と田端駅の前で合流して二限の講義に向かった。開始時間には少し遅れることになるがこれは致し方ない。

今日の三澄の格好はいつもと少しだけ雰囲気が違っていた。細身のブルージーンズにグレーの大きいトレーナーを着て髪はポニーテールに結っている。胸の部分には大きくＭＩＴと書いてあった。大学生ばかりの高田馬場に実によく馴染《なじ》んでいる。本人はいつもの黒いセーターを着ようとしたが、なんと出会った日から今日まで一回も洗っていないという事実が判明したので問答無用で洗濯機に突っ込んだ。

戸山口から改札を出て人通りの多い道に出ると、すれ違う人が結構な割合で三澄の顔を盗み見ているのに気がついた。三澄は百瀬さんのようにきらびやかに着飾ったりはしていないが、もともとの顔の作りが良い。気の強い子猫のような顔をしている。足も長いからか、実際の身長よりも高い印象を受ける。

「三澄って、身長どれくらいだ？」

「身長？　一六三・二センチメートル。体重は四四・七キログラム。どうして？」

「いや別に」

女子の体重の相場がわからないが、かなり細身な気はする。

会話はそこで途切れた。しばらく歩いてから、もう一度俺から声をかけた。

「そのトレーナーってあれか？　アメリカの大学の」

「Massachusetts Institute of Technology、ＭＩＴ。もらったの」

理工学部の末席にいる俺でも知っている、世界有数の名門大学だ。アイビーリーグ、生まれと育ちとお金と頭脳のすべてを兼ね備えたエリートの集う異世界というイメージだ。

「そこでも教える側だったのか？」

「いいえ。出身校よ」

「……あのさ、三澄って今いくつなんだ」

「今度はなんの数値が知りたいの」

「年齢だろ、普通」

「かなり早くから大学行ってたんだな」

「辞めたけどね。中退よ。それに、大学入学前の数学って日本のほうが進んでる。学部の前半は日本の普通の高校生なら誰も苦労しないわよ」

工学分野において世界有数の大学に放り込まれて苦労しない高校生。そんなのが普通なわけがない。

「なんで辞めたんだ？」

「先生の研究を手伝うのに集中したかったからに決まってるでしょう」

「一石教授の、あれか。一石教授ってそんなにすごいのか？」

「彼はアインシュタイン以来の天才よ。同じ日本人として全員誇りに思うべき」

既に講義の始まっているドイツ文化入門の教室に入る。一〇〇キロを持ち上げられる優しそうな講師は一瞬ちらりと俺たちを見はしたが特に咎《とが》めることもなかった。一般教養の講義は遅刻者がいないほうが珍しい。

教室の隅の席に座ると、三澄はきょろきょろと見回してから俺の耳元に口を寄せて言った。

「せまい教室ね。勝手に受講して大丈夫かしら」

「なにも言われなかったし大丈夫だろ」

「そう？　じゃあ他講義視察ってことで一石研から事後報告しておく」

その日のテーマはドイツの文豪・ゲーテの人生だった。恋多き貴族で、七十歳を超えてから十代の少女に恋い焦《こ》がれていたそうだ。なかなかのバイタリティだと感心した。

三澄は俺の隣の席でじっと集中して講師の話を聞いていた。

「なかなか興味深かった。今度読んでみるわ、ゲーテの本」

教室がざわめき始め、三澄がそう言ったときにチャイムが鳴った。二限の終わりは十二時半。ちょうど昼時だ。

「昼どうする？」

「え？」

三澄が顔をあげる。

「どうするって、食べないの？　万里部くんの普段行く場所でいいけど」

昼休みの間もしっかりと密着する気満々らしい。

「学食でも行くか」

三澄の目にグッと力が入り、普段はつり目がちの瞳がまん丸になる。

「うん、学食でも行きましょう」

二限目終わりの学食。もっとも混み合う時間だ。食事スペースはもちろん、レジも、小皿の惣菜《そうざい》が並ぶレーンもそこまでの通路も、すべてが人でごった返していた。昼時ど真ん中の学食には一年生の前期以来きていなかった。こうなることがわかりきっているからだ。だが、普通の大学生活というテーマなら混んでいる学食での昼食は避けて通れないだろう。

「こんなに混むのね。やっぱり日本のキャンパスって狭いのよ」

三澄が澄ました顔で言った。

「このキャンパスくるの初めてなのか？　講義持ってるんだろ？」

「講義はリモートでしかしない。最初からそういう契約を結んだの」

三澄は興味深げに周囲を見渡して言った。

「日本の大学生って随分幼いわね」

この場の誰よりも幼い見た目の三澄がそう言った。思わず噴き出すと三澄が不機嫌そうに眉間《みけん》に皺《しわ》を寄せる。

「なによ」

「いや、なんでもない。並ぼう」

長い列だったが進みは速く、ほんの二、三分で順番が回ってきた。三澄はワカメラーメンを麺《めん》類のカウンターで受け取り、俺は豚玉丼《どん》を丼《どんぶり》モノのカウンターで受け取る。会計は別々に済ませた。空席が見つからず、トレイを持ったまま二人で立ち尽くす。

「本当に混んでるわね。なんとかならないものなの」

「四月は新入生がいるからな。真面目に通っている学生が多い時期なんだよ」

「どういうこと？」

三澄はワカメラーメンのトレイを抱えたまま俺を見上げた。

「代返を頼む友人が見つかったり、出席をとらない講義がわかったりしたら、一年生もだんだん減ってくわけ」

「あぁ。代返の文化があるのはわたしも調べたわ。でも、大学ってわざわざお金を払ってきてるわけでしょう？　お金を払って入学して、自分で講義に登録して代返を頼むって、どういう動機からの行動なのかしら。支離滅裂に思えるんだけど」

「親の金だからだろ。大学の卒業資格はそれだけで価値がある。働き口が拡《ひろ》がったり」

三澄は首をひねった。

「不思議……」

長テーブルの端の、向かい合わせの二席が空いた。すぐさまそこに向かう。三澄も俺のあとに続いた。

「やっと食べる」

ため息をついて割り箸《ばし》を割ったとき、三澄の熱視線が俺の豚玉丼に注がれているのに気がついた。

「ねぇ、それはなに？　どういう食べ物なの？」

確かに、豚玉丼はこの大学のメニューの中でもっとも独自性の高いメニューだった。

「焼いた豚バラ肉にカツオ節と温泉卵をのせてマヨネーズと青のりをかけたシロモノだ」

「美味《おい》しいの？」

「値段相応だな。ここでしか食えないっていう希少性はある」

「そうなの」

箸を構えて、丼を左手に持つ。俺の一挙手一投足を三澄は見つめている。

「……食いたいのか？」

三澄が無言でうなずく。

年相応の幼さ――どころか大分子供じみた仕草に思わず笑った。すぐさま三澄が不機嫌な表情になる。

「なによ」

「交換してやろうか。その麺の伸びてそうなワカメラーメンと」

「いいの？」

箸を戻し、トレイごと三澄に押しやる。かわりに三澄のワカメラーメンを自分のほうに引き寄せた。

　三澄は自分の手元にきた豚玉丼の器を持ち上げて、熱で揺れるカツオ節をしげしげと眺めていた。

「箸割っちゃったけど戻すか？」

「これでいいわ」

　そう言って三澄は俺の割った箸を手に持ち、豚玉丼を一口食べた。相変わらず、食事の所作はきれいだった。

「どうだ？」

　三澄は一口目をのみ込んでから答えた。

「お米と豚肉とカツオ節とマヨネーズの味が、別々にする」

　俺は笑った。

「まぁ、そんなもんだ。うまいだろ」

　三澄はもう一度うなずいて、二口目、三口目と豚玉丼を口に運んだ。味の調和がまったく生まれないこの雑な丼モノの良さがわかるとは、三澄も見た目によらずなかなか見込みがある。

「悪くはないけど、万里部くんの作る料理のほうが断然美味しいわね」

　三澄と交換したワカメラーメンを一口すする。麺はとっくに伸びきっていたが、俺は不思議な満足感を覚えていた。

「ねぇ、このあとはどうするの？」

豚玉丼をたいらげた三澄が言った。学食はまだ賑《にぎ》わっているがちらほら空席が見え始めている。スマートフォンを取り出して時計を見た。このあとの予定はバイトだけだが、まだ時間はある。

「夕方からバイトだけど、だいぶ時間あくな」

「バイトって？」

「イタリアンレストランで働いてる」

「どんなお店？」

「それなりに値が張るチェーン店。学生はあまりこないな」

三澄が満足気にうなずく。

「わたし調べによるとね」

なんだそれは、という言葉をのみ込んだ。三澄が続ける。

「それなりに値が張るチェーン店でのアルバイトは、非常に模範的よ。大学生的、と評してもいいかもしれない」

そう言って三澄はにこりと微笑んだ。もしかして、褒めたつもりなのだろうか。

「……それは、どうも？」

「どういたしまして。バイトは何時から？」

「五時」

「確かに時間はあるわね……」

「三澄は？　一石研の仕事以外にはなにしてるんだ」

そう聞くと三澄は宙に泳がせていた視線を俺に向けた。

「通信機関連の仕事以外で手を動かしているのは学生向けの講義くらい」

「例の、姿を見せない講義か」

「えぇ。安易に認識されると生きづらいってことは経験則で知ってるから。個人認識されていたらHCLどころじゃないでしょう」

「まぁ確かに。副業が必要ないくらいは一石研で稼げてるんだな」

「お金のことは泰兄に任せてるけど、今までわたしが開発したものもそれなりの金額にはなってるはず。わたしの人件費くらいは賄《まかな》えてるんじゃないかしら」

目をしばたたかせる。

「……今まで開発したものって？」

「ハードウェアもソフトウェアもあるけど、特許の売却が三件、ライセンス契約が五件。第二研究室の網膜認証もパッケージにして販売するみたい」

なかなか頭が追いつかないが、三澄が〝普通〟から想像以上に遠いところにいることがよくわかった。

話を聞く限り、三澄の人件費を賄うどころかおつりがたんまりきている気がする。

そんな天才が、どうして普通の大学生なんぞに憧《あこが》れるんだろうか。

「隣の芝生は青い……？」

思わず呟《つぶや》きが漏れたが、その声は三澄には届かなかったようだった。

「万里部くんのアルバイト先って近いの？」

「新宿の南改札から出れば歩いて十分だな。出る改札を間違えると倍はかかる」

三澄はジーンズのポケットからスマートフォンを取り出して時計を見た。

「万里部くんもアルバイトまで特に普通の行動をとる予定がないなら、一度別行動にする？」

普通の行動をとる予定なんて生まれてこのかた立てたことがない。

「別にいいけど、三澄はなにするんだ」

「せっかく理工キャンパスにきたし、見てみたい講義があるの」

「見てみたい講義？　三澄が？　なんの講義だよ」

「理論物理学講究。わたしの担当してる講義よ。万里部くんもくる？」

三澄が担当している講義に、三澄が出席する？　なんだかよくわからないが、その辺をぶらつくよりはよっぽど面白そうだ。

三澄の講義が行われるのはキャンパスで一番の大教室だった。教室というより、もはや小振りなホールだ。入学してすぐのオリエンテーションの会場はこのホールだった記憶がある。

講義開始前だが既に前方の席は埋まっている。俺と同年代か少し上の学生がほとんどだが初老の男性も数人、右端の数席にまとまっていた。何人かは見覚えがある。あれは教授陣だろう。

三澄はそんなことをまったく意に介さずホール後方に進んでいく。隣を歩きながら三澄の横顔を盗み見るといつもの澄まし顔をしていた。大した胆力だ。

ホールの最後列の右端に並んで座る。三澄は机の上にノートパソコンを広げた。画面に表示されている時計によると、講義の開始時間まで残り一分だった。三澄は真っ黒な背景になんの装飾もない英字だけが表示されているアプリケーションを開いて、なにかを入力した。

時計が一分進み、講義の時間になる。その瞬間に前面のスクリーンの表示が切り替わる。

パワーポイントの画面と合成音声。終末感の漂う無機質な講義が始まった。内容はもちろんサッパリ理解できない。

ぼんやり画面を眺めていると、三澄が俺の肩をつついた。

「どうした？」

三澄に顔を寄せて小声で答える。

「メールを送ったから確認して。大学のアカウント宛て」

三澄も小声で返した。ポケットの中でスマートフォンが震えた。通知を確認すると、三澄からメールが届いていた。本文はＵＲＬのみ。知人からのメールでなければ清々《すがすが》しいまでのスパムメールだ。ＵＲＬをタップすると、簡素なチャット画面が表示された。

『会話を人に聞かれても厄介だから、講義中はチャットでやりとりを』

三澄からのメッセージが表示される。

『了解』

『ログは講義終了後に消すけど、セキュリティーレベルは第二研究室より遥《はる》かに脆弱《ぜいじゃく》だから留意して。話題に出すときはコードネームにすること。たとえば、ＨＣＬプロジェクトとか。ＯＫ？』

ＨＣＬプロジェクトはコードネームにしてまで隠すほどの内容か、と思いながら隣の三澄にうなずきを返し、チャットにテキストを入力した。

『自分の講義を傍聴する気分はどうだ？』

『あくびが出そうよ』

その返答に小さく笑った。

俺には理解できない高度な内容の講義が続く。スマートフォンを取り出して、シラバスでこの講義の情報を調べてみた。

――理論物理学講究　素粒子論　現代物理学において重要な役割を果たす量子論を学ぶ。スカラー場、マクスウェル場、ディラック場の基本的性質を理解していることが必須条件。講義内容に関する質問は原則受け付けない。

自然と三澄の声で脳内再生された。

『講義で質疑応答がないのはなんでなんだ？』

『わたしに聞く必要ないから。この講義の内容は研究の領域じゃなくて勉強の領域。研究においてはまだ答えの見つかってないことも多いから議論する価値があるけど、勉強においては参考書なりなんなりを調べるほうが早い』

『でもさ、普通の講義は、教科書に載っているようなことを説明してるものばかりだぞ』

やや間があり、三澄から返答がくる。

『それもそうね。普通の講義なら、質疑応答もあるのかしら』

『まぁ、最後に受け付けるようなイメージはある』

九十分の講義も終わりに近づいたとき、事前に用意されていたであろう説明の音声が唐突に途切れた。

一番後ろの席にいる俺からは、受講生たちが戸惑いながら顔を見合わせるさまがよく見えた。

「今から講義終了まで、質疑応答の時間とします。質問のある人は挙手を」

合成音声の嫌味のない女性の声が滑らかにそう言った。

大教室に困惑が拡がっていく。

『この音声、今作ってるのか』

『そうよ』

しばらくざわめきが続いたが、やがて教室前方に陣取っていた教授陣の一人が手を挙げた。

三澄がキーボードを叩《たた》く。

「前方の、やや髪の薄いかた、どうぞ」

おいおいおいおい、なんてこと言いやがる。

ひやひやしたのも束《つか》の間《ま》、大教室に小さな笑いが満ちて緊張の糸が切れたような感じがした。

当の本人も笑いながら自分の頭を少し撫《な》でて見せた。意外にシャレの通じる人だったらしい。

そこの一派はやはり大学の教授陣だったようで、挙手をしたおおらかな薄毛の男性は教室前方の台座からマイクを取り出しスイッチを入れた。普段はこの場所で講義をする側にいるんだろうとすぐにわかった。

「毎週興味深い講義、ありがとうございます。住吉研の住吉です。今日の講義内容と直接関連のないことでもいいですか」

「内容によります」

「重力場方程式の厳密解について、三澄先生の解説を聞いてみたい」

「マレット博士の解についてでしょうか」

「まさしく。その分野に関しては門外漢なので、学部生相手のつもりでご説明頂けると助かります」

教授は人の良さそうな笑みを浮かべながら言った。教育者だ、と思った。自分のためというよりここに集まっている学生のために質問したのだろう。

「わかりました。平易な言葉になるよう努めます。失礼ですが、住吉教授のご専門は」

「理論物性物理学です」

「マレット解に関心をお持ちなのは、これが現実的なタイムトラベルの理論だとピックアップされたから、ですよね」

「恥ずかしながら、そうです」

教室にざわめきが拡がる。

あの装置を起動した日に一石教授が説明してくれた、あれか。

俺も気になって、三澄にチャットを送った。

『タイムマシンの仕組みで特許とったってやつだよな。あれ、マジな話なのか？』

「マジよ」

三澄の答えは文面ではなく、大教室に響き渡る合成音声で返ってきた。

三澄がゆっくりこっちに顔を向けた。

「ミスったわ。合成音声のソフトウェアに入力しちゃった」

「……悪かった。ちょっと黙ってる」

「そうして」

小声でやりとりしてから、三澄は高速タイピングに戻った。

「まず大前提を確認しましょう。ニュートンの時代、重力場を生み出すのは質量のある物質だけでした。そこに大変革が起きたのが、一九〇五年。アインシュタインが四つの論文を発表した奇跡の年です。ここで、質量のない光も重力場を生むことを人類は知りました」

三澄はそこで一拍おいてから続きを入力した。

「いいですか、光が、重力場を生む。これが大切なポイントです」

「光が重力場を生む。覚えました」

住吉教授はゆっくりと復唱した。

「次はおよそ六十年後に飛びます。今度は、ある特定の重力場においては閉じた時間のループが発生していることがわかりました。発見したのは数学者のロイ・カー」

「失礼、閉じた時間のループ、とは？」

「タイムトラベルの本質そのものです。過去、現在、未来が同円周上に並んでいるもの。ロイ・カーは、宇宙の特定の状況下での厳密解の中に、閉じた時間のループがあることを発見したんです」

「ということは、その〝特定の状況下〟を実現できれば、タイムマシンになり得る？」

「少なくとも理論上ではタイムトンネルとして機能します。ではその〝特定の状況下〟とは？　高速回転するブラックホールです。ブラックホールの重力場を考えるとき、回転の重力は無視できるほど微弱です。しかしこれが無視できないほどの高速回転だと、最終的な解に除去できない閉じた時間のループがあらわれる」

「高速回転するブラックホールが、天然のタイムマシンと？」

「そう考えてもらってかまいません。さて、いよいよマレット解の意義に進みます」

　会場の空気が、講義中とは少し変わったように思う。具体的な数式は出てこないが、理系学生が理系になったキッカケは結局、数式ではなくこういうやや抽象的な捉《とら》えどころのない話だ。

　俺自身も、中学生の頃に科学専門の月刊誌に夢中になっていた気持ちを思いだした。

　三澄の説明が続く。

「高速回転するブラックホールがタイムトンネルになっていたとしても、そんなものは地球上に持ち込めません。太陽系ごとブラックホールにのみ込まれてしまいますから。ですが、マレット博士はそれによく似た状況が再現できることを発見しました」

「どうすれば再現できるのでしょう」

「循環するレーザー光線。リングレーザーと呼ばれる装置によってです。何故《なぜ》か。まず、光も重力場を生むことは、アインシュタインによって明かされていました。強力な光線自体が、ブラックホールの重力場のような働きをします。そして、レーザー光線が循環するとき、その回転速度はもちろん光速です。これは無視できない高速回転でしょう」

「あぁ、なるほど。天然のタイムトンネルである回転ブラックホールに近い環境が、レーザー光線を循環させることで生まれる、と」

「単純化すると、そうです。それを数学的に明示したのが、ロナルド・Ｌ・マレット博士の厳密解。実際、彼はＬＯＴＡＲＴというタイムマシンの設計図で特許を申請しました。正確に言うと、リングレーザーに送受信機能を接続した通信機です」

「興味深い。それは本当に、実現可能なのでしょうか」

　俺は三澄の横顔を盗み見た。

　リングレーザー通信機は今、実際に田端で稼動《かどう》している。

が、一石教授はそれを当面、公《おおやけ》にする気はないと言っていた。

どう答えるか——固唾《かたず》を呑《の》んで見守っていると、三澄がまたタイピングを再開した。

「現実的な課題は山積みだと思います。リングレーザーをタイムマシンとして使うには、レーザー光線を射出し続ける必要がある。その為には、電力の絶対的安定供給と偶発的な装置の停止を防ぐ特殊な環境が必要であり、更に、約一万個の高出力レーザーダイオードを格納する空間が必要になります」

そのすべての条件をクリアしたのが、田端駅前のパチンコ店の跡地というわけか。

「実態はまだ理論上の話、と」

住吉教授はやや落胆したように言った。

「そうですね」

三澄は平然とそう答えた。

「しかし、既にタイムマシンの具体的な設計図が特許申請というプロセスにまで進んでいることには大変驚きました。門外漢ながら、やはり宇宙物理には夢がありますね」

「夢だけを探求できるのがこの領域の美点です」

三澄がそう返すと、住吉教授は嬉しそうに微笑んでうなずいた。

「いや、貴重な機会を頂けた。ありがとうございました。最後に、今後もこういう質疑応答の場を設ける予定は？」

「今のところ未定です。今日のように皆さんが退屈そうにしている日に気が向けば、また」

そこでちょうど、講義終了のチャイムが鳴った。

三澄の質疑応答がよほど異例の事態だったのか、ほとんどの学生が席に残り大教室は賑やかだった。

「出ましょう、万里部くん」

三澄はノートパソコンをパタリと閉じて鞄《かばん》にしまった。

大教室を出るといよいよキャンパスですることはなくなり手持ち無沙汰《ぶさた》になった。

「こういうときはどうしてるの？　まだ時間余ってるけど」

「うーん、新宿をうろうろすることもあるし、早めにバイト先に行って裏で待ってることもあるし……」

そう答えて、この前の千嶋との賭《か》けを思い出した。バイト先から送られてくる今月のシフト表を見る。千嶋は昼から出勤していた。

「三澄、バイト先にもついてくるんだよな」

「もちろん。万里部くんの一日をしっかり見せてもらうつもり」

「ちょっと早いけど移動するか」

うちのコーヒーは値が張るが、一人分のディナーより二人分のコーヒーのほうが良心的だろう。それに、千嶋とのあの賭けに勝てたのは未来の三澄のおかげだ。現代の三澄にだってコーヒー一杯くらいの取り分はある。なにしろ本人なんだ。

バイト先には午後三時半頃着いた。業務開始まで一時間半。ちょうどいい。重いガラス戸を開けると、ピザ場で生地をこねていた千嶋が威勢よく声を上げた。

「いらっしゃいま……せ……」

その言葉は途中で風船のようにしぼんで小さくなった。

「二人、なんだけど。入れるか？」

「お、おうよ」

千嶋が店の奥に目配せする。伝票の整理をしていた百瀬さんが俺に気付き、楽しげな笑みで寄ってくる。

「マリブじゃん、いらっしゃい。……二人？」

「うす。シフト五時からなんで、それまでお茶させてもらいたいな、と」

「もちろんもちろん。テラスがいい？　店内？」

「中でいいよな？」

振り返って三澄に言った。三澄はうなずく。

「ふむふむ」

百瀬さんは含み笑いをしながら今日の予約表にちらりと目をやった。

「五時までなら——奥の席案内できるね。この前の千嶋とのあれ、発動？」

「さすが。そのとおり」

「優しいなー。お茶でいいんだ」

「搾《しぼ》り取るのもかわいそうだし」

「聞こえてるぞ！　いいよ、好きなだけ食えよ！　焼いてやんよ、水牛モッツァレラのフォルマッジ！」

ピザ場から千嶋が叫んだ。

「一番高いやつ！」

百瀬さんは笑って続けた。

「二名様、ご案内です」

百瀬さんに続いて、調理場からいらっしゃいませと声が上がる。

案内してくれたのは、縦長の店の一番奥にある四人掛けのテーブル席だった。予約で一番最初に埋まる席だ。百瀬さんは『Reserved』の札をさり気なく外した。

「メニューお持ちしまーす」

この席を上客に取っておく理由は二つ。他の客席から離れていて会話しやすいことと、ホールスタッフからの見通しがいいこと。それをいいことにピザ場から千嶋が顔を突き出してニヤニヤしながらこっちを眺めていた。

「賑やかそうな職場ね」

「まぁ、そうだな。長く働いてるのもあるしな。座ってくれ」

テーブルを挟んで向かい合わせに座る。すぐに百瀬さんが水を二つ持ってきた。

「お昼は食べた?」

「あぁ、大学で食べてきた」

「そっかそっか」

百瀬さんが三澄に顔を向けると三澄が小さく微笑んだ。

「学食で食べてきたんです。大学生なので」

ドヤッ、という文字が三澄の背後に見えるような言い方だった。百瀬さんは一瞬キョトンとして、小さく噴き出した。嫌味のない笑い方だった。

「そうかそうか。大学の友達か。じゃあ頭いいんだね」

「そうですね」

こともなげに三澄が答え、また百瀬さんが笑う。放っておくと問答が続きそうなので割って入った。

「そんなに時間もないし、カプチーノ二つ。三澄もそれでいいか?」

三澄がうなずく。

「おっけ」

百瀬さんは伝票にボールペンを走らせながら俺たちの席から離れていった。

「よく笑う人ね」

三澄が百瀬さんの背中を見つめながら言った。

「三澄が面白いからな」

「えっ、わたしが？　面白い？……わたしが？　どういう意味？」

三澄は戸惑いながら言った。

「あまり言われないか？」

「初めて言われたわ」

百瀬さんがカプチーノを二つ届けにきたあと、入れ違いで千嶋が平皿を持ってやってきた。店のドルチェを盛り合わせたプレートにチョコでなにやら文字が書いてある。

「Welcome……？　イタリアンレストランなのに英語……？」

三澄が呟いた。千嶋が完全営業用の笑顔を浮かべ、ドルチェスプーンの入ったケースをテーブルに置く。

「千嶋です。万里部がいつもお世話になってるみたいで」

「三澄です。万里部くんには毎朝起こしてもらって朝ご飯を作ってもらってます」

「えっ」

目を丸くした千嶋が俺に顔を向ける。

「スキャンダラスな切り取り方をするな。千嶋、いまお前の頭にうかんでいることはことごとく間違っている。それより高級ピッツァはどうなった？　二六〇〇円のフォルマッジが出てくるって聞いてたんだけど」

「二人とも腹一杯だって百瀬さんから聞いたから」

興奮のおさまらない様子で千嶋がこたえる。

「そうよ。まだ食べるの？　さっき食べたばかりでしょう。学食で」

三澄は最後の一言だけ千嶋を見上げて、際立《きわだ》たせるようにきっぱりと言った。千嶋がほうほうとうなずく。

「あぁ、学食行ってきたのか。なに、同じゼミの新入生かなにか？」

「はは」

思わず乾いた笑いが漏れた。不思議そうに俺を見下ろす千嶋に言う。

「今月から所属することになったゼミの、特別招聘《しょうへい》教授サマだ」

「……教授？」

千嶋が三澄をマジマジと見つめる。

「まぁ、副業みたいなものです」

三澄は澄まし顔でそう言ってカプチーノに口をつけた。

「副業で、トクベツショーへー、教授……？　冗談だよな？」

「普通の女子大生です。そうでしょ、万里部くん」

「そうらしい。特別招聘教授、兼、普通の女子大生だ」

「わぁ……。お前すっごい彼女見つけたな」

千嶋はそう言って、後頭部をポリポリとかきながら戻っていく。その背中越しに百瀬さんがこちらを眺めているのが見えた。目が合い、ひらひらと手を振ってくる。

三澄は呆然《ぼうぜん》と千嶋の背中を見つめながら呟いた。

「彼女？　今のってGirlfriendのほうのニュアンスよね」

「気にしなくていい。……いや、そうだな、これもノートに書き加えておくといい」

三澄が俺に視線を向け黙った。

「普通の大学生の頭の中は、恋愛のことで一杯なんだ。千嶋はフリーターだが、いいサンプルではある」

「……なんて非生産的なの」

「生産性なんてものは普通の大学生と最も縁遠い概念だぞ」

「勉強になるわ」

三澄は本当にＨＣＬのノートを取り出して、サラサラとメモをとった。

「食べよう。うまいぞ」

シルバーの入ったケースからドルチェスプーンを取り出して三澄に差し出した。

三澄のお気に入りはゴルゴンゾーラのチーズケーキだった。素材が青カビのチーズなので玄人《くろうと》ウケするメニューではある。途中で皿をさげにきた千嶋は、自分がピザ釜《がま》で焼いたのだと得意げに自慢して去って行った。

互いのカップも空になったころ、百瀬さんが水の入ったガラスピッチャーを持って席にやってきた。

「楽しめたー？　三澄、さんっ」

きらきらとした目を向ける百瀬さんに、三澄がうなずきを返す。

「とっても」

「よかったー。マリブもせっかくなら休みの日にくればいいのにさー。今日ひまそうだよー？　わたしからチーフに言って休みにしてもらおっかー？」

「いや、稼ぎたいし」

「まーじめー」

「お金に困ってるの？　バイト代出すけど」

三澄が口をはさむ。

百瀬さんが目を丸くした。

「バイト？」

「今、フィールドワークに付き合ってもらってるんです」

「フィールドワーク！　理系もやるんだねー、意外！」

百瀬さんが楽しげに続ける。

「でもそれなら尚更《なおさら》じゃん。学業優先でしょー。ちょっと待ってて、千嶋と相談してくる」

「いや、別に――」

と、返したときにはもう百瀬さんの背中は遥か遠くにあった。

結局、夕方で上がる予定だった千嶋が俺のかわりにホールに立つことになった。

三澄を客席に待たせて、裏のスタッフルームで休憩中の千嶋に声をかける。

「悪いな、本当に出るつもりだったんだが」

「いいんですよぉ。早上がりしたところで彼女と会うような予定もありませんしー」

千嶋が満面の笑みでそう言った。

「いや、本当にそういうのではない。話せば長くなるが、実を言うと話せることというのも事情により限られているのだ」

思わず妙な口調になった。

「なに、起こしてあげる関係って」

「まぁ、言ってみればアラーム役だ」

「なにそれ。万里部くんが、アラムくんってことかよ、ナンチャッテ」

なんと千嶋のユーモアのセンスは天才のそれと同じだった。つまり常人にウケないということだ。

「本当にいいのか？　今日、朝からだったんだろ」

「いいよ。百瀬さんと二人でのホール作業だろ。全然悪い話じゃない」

「あ、なるほど」

「ウン」

「健闘を祈る」

「はー!?　彼女ができた途端に上から目線かよ！　覚えておけよこの野郎！」

「これで賭けの件はチャラでいいよ」

「当たり前だろ！　しっかりカプチーノとデザート食ったくせに恩着せがましいこと言うんじゃねぇ！」

「健闘を祈る」

「うるせっ」

笑いながら、俺は客席のほうに戻った。

会計は千嶋が済ませてくれていてそのまま店を出てきた。十七時前。思いがけず時間が空いた。

店から駅に歩きながら、家で夕食をとるなら用意できると母親にチャットを送ると、すぐに太ったクマが万歳して喜んでいるスタンプが返ってきた。

「悪い、三澄。このあと家で夕飯を準備しないといけないんだ。三澄はどうする」

「どうするって？　行くけど」

三澄は歩きながらこともなげに言った。

「行くって、どこに？」

「万里部くんの行くところ。今日は一日ついていくけど」

「うちにもくるのか？」

三澄がうなずく。

「安心して、泊まったりはしないから」

立ち止まり、額に手を当てて考える。

冷静に考えれば――初めて会った日の翌日に、俺が自宅にくることを平気で受け入れられる価値観の持ち主だ。それに比べれば、今更驚くことではない。

むしろ驚くのは母親のほうだろうが、おそらくは千嶋と同じたぐいの反応ですぐ受け入れる。初めて息子が家に女の子を連れてきたと、ぬか喜びをさせてしまうかもしれないが、わざわざ断るほどのリスクでもない。

「地下鉄乗るけどいいか」

「もちろん」

「帰りにスーパー寄るけど」

三澄がうなずく。

「大学生っぽいフィールドワーク、だものね」

三澄はそう言って眉《まゆ》を上げた。

最寄り駅に着いて、いつものスーパーで食材を物色する。三澄は静かに俺の後ろからついてきていた。

「材料を見ながら、なにを作るか考えるの？」

六十円引きのマッシュルームに手を伸ばした俺に、三澄が言った。

「ん？　まぁ、そうだな。家に残ってるものと照らし合わせながら、作れるものを作る」

「なかなか高度な作業ね。つまり既存食材と新規食材の組み合わせを総当たりで考えて、成立する料理を導き出すってことでしょ」

「いや、そんな立派なもんじゃない。ほとんど思いつきだよ」

「セレンディピティは人工知能の未踏の領域よ」

もはやなにを言っているのかわからなかったが、あぁ、そうだな、とそれらしく相づちを打った。三澄も深いうなずきを返してきた。

「三澄、腹減ってるか？」

「わたしのことは気にしなくていいわよ。なるべく万里部くんの日常どおりに過ごしてくれれば」

「自宅の夕食に三澄が同席するのは既に日常じゃないし、家族以外の同席者がいるときはその人の分の夕食も用意するのが俺の平常運転だ」

「なるほど、理に適《かな》ってるわね」

　理に適っているのだろうか。

「お腹は——別に減ってない。三食しっかり食べることってあんまりないから」

「だろうな」

「だろうな？」

「この一週間食べ応《ごた》えのある朝飯を一緒に食べたけど、全然変化ないなって。因みに俺は少し腹回りに肉がついた」

「わたし十七歳よ。二十二歳の万里部くんより代謝高いと思うけど」

　言われてみれば。

　三澄はそれほど空腹でなく、俺自身も軽めにあればよさそうだ。母親はいつもどおりハラペコで帰ってくるだろう。

安売りのマッシュルームを逃す手はない。量の調整が利《き》いて、なんなら明日の三澄の朝食にも使いまわせるもの——

「ハヤシライスでいいか」

タマネギは余っていたから今日は買わなくていい。牛肉は高かったので豚のこま切れ肉を買った。

バックパックのサイドポケットからエコバッグを取り出す。

「万里部くんて、主婦みたいね」

「まぁ、大体あってる。大学行かせてもらってるから、家事くらいはな」

「結構すごいと思うけど」

「三澄と一石教授がやってることに比べれば大したことないさ」

食材をしまいながらそう言うと、三澄が大きなため息をついた。

「自分を過小評価するの、クセなの？　印象を伝えたこっちが後ろめたくなるわ」

思わず手を止めた。三澄はまっすぐ俺を見つめている。

「わたしと先生と比べて大したことないなんて、当たり前じゃない。上を見ればキリがないわよ」

その三澄の言葉に不思議と腹は立たず、むしろ少し笑ってしまった。

「なによ、なんなのよ」

「いや、なんでもない。そうだな。小市民らしく、小さな誇りを持つことにするよ」

「いいと思うわ」

俺の自宅に着くなり、三澄は玄関に立ち尽くした。

「ねぇ、信じられないほど片付いてるわね」

少し笑った。三澄にとっては築五十六年の古びた外観よりも、部屋が片付いていることのほうが驚くべき事案らしい。

「そうでもない。俺の目には生活感が溢れ出て雑然としてるように見える」

「これで？　床になにもないのに？」

「それは割と普通のことなんだぞ、三澄」

三澄は唇に指を当て、真剣になにかに思考を巡らせたあとで、ポツリと言った。

「もしかして、わたしの部屋って散らかってる？」

「よく気付いたな三澄。大いなる一歩だ。あの部屋は散らかってるとかそういうレベルじゃない。混沌《こんとん》という概念そのものだ」

「じゃあ片付けるのに無限の時間がかかるんじゃないの。混沌ってそういう概念よ」

そのとおりかもしれない。

キッチンに立ち、タマネギを切る。我が家にとっては高級品であるバターも、珍しく冷蔵庫にあった。

「キッチンには本来、こういう物がこういう風に並んでるべきなのね」

三澄は俺の背後から色々なものを覗《のぞ》きこんではノートになにかを書き付けていた。

　メモの作業も終わると、食卓に座ってきょろきょろと辺りを見回す。

「そんなにじろじろ見るほどのものはないだろ」

「そうね。物が少ないということに驚嘆してるわ」

「だろうな」

　タマネギを炒《いた》めながら俺は笑った。いい匂い、という三澄の呟きが聞こえた。

「万里部くんの部屋は二階にあるの？」

「あぁ。俺の部屋が六畳、母親の部屋が五畳かな」

「二人暮らしなのね」

「兄弟がいたら大学は辞めてたかもしれない。三澄のとこは？　兄弟いるのか」

「姉がいるわ。もう結婚してる」

「へぇ」

　三澄の口から結婚という言葉が出るのが少し意外だった。

「父親は一人暮らし。母は亡《な》くなってる」

　料理の手を止めて三澄を振り返る。そういえば、アラーム役が始まってすぐのときに見たニュース記事の写真には、母親が写っていなかった。幼い三澄と、一石教授と二階堂さん。それから三澄の父親。

「先週さ、三澄のニュース記事を見た」

「ニュース記事？　あぁ、渡米前の？」

「一石教授と二階堂さんと、お父さんだよな」

「えぇ。小学校を卒業する前にアメリカに行くことになったから、三人が卒業式みたいな事をしてくれた」

「すごい話だな。子供の頃から天才だったわけだ」

「そうね。今から選べるなら、知能指数を三十下げて生まれてきたいわ」

「普通の人間にはなかなか言えない台詞《せりふ》だなそれは……」

「そうよね、そう思う」

少し寂しげに呟いた三澄を見つめていると、三澄は俺の視線に気付き、薄く笑った。

「別に悲観してるわけじゃない。今の自分だって別に嫌いじゃないし。ただ、父親は普通の娘のほうが楽だったろうなって。それだけよ」

だんだん、三澄の思惑が見えてきた。

「それで、ハッピー・キャンパス・ライフ、普通の大学生活、ってわけか」

「そうね。やれるだけやってみようって。それでダメなら潔《いさぎよ》く天才物理学者として生きていくわ」

「贅沢《ぜいたく》な悩みだな、って言われたら、怒るか？」

「いいえ。先生もいるし泰兄もいるし。なにより、わたしがこんなでも家族仲は良好だし。不満はない。贅沢で、恵まれてると思うわよ、わたしも」

「そりゃよかった」

意識を鍋《なべ》に戻す。タマネギは少し焦げていた。

「……悪い、タマネギが少し焦げた」

「まったく気にしないわ。焦げた部分ってよほど大量に摂取しなければ体に害はないそうよ」

さすがは天才。料理しない癖に妙なことを知っているもんだ。

十九時過ぎに帰ってきた母親は既視感のある反応を示した。

「ただい……、ま……」

ちょうど、バイト先で千嶋がそうしたのと同じように、一言目が尻《しり》すぼみになって戸惑いのなかに埋もれていった。

「お邪魔してます。三澄翠です」

三澄は食卓の椅子《いす》から立ち上がって言った。大して頭を下げないところが三澄らしい。

「あらあらぁ……、お友達？　それとも——？」

母親が俺に問いかける。

「強いて言えば、上司ってところだな」

「じょうし……、上司⁉」

母親は目を丸くした。

「まぁ、順を追って説明するよ。ご飯できてる」

「三人で？」

母親の言葉に、三澄がうなずく。

「お邪魔します、頂きます」

「わぁ、楽しい晩餐《ばんさん》！　飲んじゃおうかな」

「やめとけ、一口で寝落ちするくせに」

母親はそそくさとリビングに上がってきて、コンロの鍋を覗きこもうとした。

「今日はなに？」

「先に手を洗え、うがいしろ。ハヤシライスだ」

「卵は？」

「今から焼くよ、うるさいな」

三澄が後ろで小さく笑った。

母親が洗面所に手を洗いに行くと、三澄が不思議そうに言った。

「卵って？」

「ハヤシライスにはオムレツが乗ってないとダメらしい」

「お母さんが？」

「そうだ。運動部の少年みたいだろ。ないと許せないんだそうだ」

三澄がすっと手を上げた。

「じゃあ、わたしも」

「はいはい」

三人分のオムレツを作るのに五つの卵を使った。

母親は給食を前にした小学生のように大きな声でいただきますと言って食べ始めた。

三澄がその母親の姿を興味深そうに眺めている。

「炭水化物ばかり食べてるとだな三澄、普通はこういう体型になる」

そう言うと、丸いフォルムの母親はケタケタと笑った。

「この子、料理めきめきと上手になって。あんたのせいよ、ほとんど」

母親は口元を手で押さえ、柄にもなくホホホと笑った。

「万里部くんの料理、美味しいです」

三澄はうなずきながらそう言った。

「あっ」

母親がピクリと肩を跳ねさせて、なにやら含みのある笑みを俺に向けた。

「……わかっちゃったわ」

「なんだよ」

ハヤシライスを食べながら答える。我ながら悪くない。バターがあったおかげでコクもでている。タマネギは若干焦げているが。

「あんた、最近コソコソ食器と食材もってくでしょ、朝早ーく。それはもしかして――」

「あぁ、大体あってるよ。俺はアラーム兼家政婦なんだ」

三澄がうなずいた。

「毎朝起こしてもらってます。寝坊するとこの国が滅ぶので」

母親が豪快に笑う。

「それは重大任務じゃない、あんた。なにしてるかと思えば国を守ってたのね」

国どころか、世界を破滅から救おうとしているんだぞ、と、思いながらなにも言わずにハヤシライスを口に運ぶ。

あまりにも和やかな一日だったので忘れかけていたが、そもそも三澄との時間には俺自身の命もかかっているし、世界の破滅と隣り合わせだ。未来の三澄が具体的なことを指示しなかったのは賢明な判断だったかもしれない。そうでなければ今頃は綱渡りに必死になって、スプーンを持つ手が恐怖で震えていたはずだ。

「三澄さんもじゃあ、大学生？」

「いえ、大学での肩書きは特別招聘教授です」

大笑いしている母親に、マジだぞ、と冷静に伝えた。

母親の笑いがだんだん消えていき、戸惑いながら俺と三澄の顔を交互に見つめる。

「え、教授？　だって、若いでしょう？」

「十七歳です」

「それで、その、ナントカ教授⁇」

まだ疑ったような声で母親が言う。

「教わる側じゃなくて、大学から金をとって教える側だ。だから上司」

「えぇぇぇっ！」

こういう反応に三澄は慣れているのか、照れるでもなく、謙遜《けんそん》するでもなく、黙ったままうなずいた。

「飛び級ってやつ？」

「当時は日本に飛び級制度はなかったので、アメリカの大学で。中退して帰国しましたけど」

「わぁ……、現実にいるのね、そんな人。しかも、うちで、ハヤシライスを食べてるのは――なんでなの、鉱」

「まぁ、話せば長くなる」

「ふーん」

　また含みのある笑みを浮かべる。母親は三澄に視線を移して言った。

「この子、色んなことにすっごく細かいでしょう」

「はい。この前はわたしの靴下をゴム手袋でつまんで汚物って叫んでました」

　これには流石《さすが》に咳《せ》き込んだ。

「あんた、女の子に向かってなんてこと言うの！」

　母親は俺の腕をはたきながら言った。

「だって、一週間洗わずに履いて捨てるって言うから」

　母親が息を呑む。

「それはなんでなの、三澄さん」

「なんでって、経験則で」

「あぁ……、頭がいいとそうなのね」

　母親は謎《なぞ》の理屈で納得したようだった。


　自宅から最寄り駅までの道を三澄と並んで歩く。

　不思議な一日だった。早朝に三澄を起こしに行ってからもう十二時間以上経《た》っている。

それほど特別なことをしたわけではない。三澄の要望どおり、俺の普通の一日だった。これだけ長い時間三澄と一緒にいて、嫌になる時間はなかった。気疲れも感じない。またこんな一日があってもいいとすら思う。

そんな風に感じていることが、一番不思議だった。

「ねぇ、聞いていい？」

伏し目がちな三澄が静かに言った。

自宅を出て数分しての質問。内容は大体察しがついた。

「父親のことだろ。大学一年の夏に離婚したよ。中退も考えたけど、大学だけは出て欲しいって言いだしたのは母親だった」

「だから万里部くん、単位一個も落としてないのね。ごめんなさい、今日、わたしのせいで遅刻したわよね」

「無遅刻無欠席ではないよ。千嶋と遊ぶ予定があって代返を頼んだこともある。気にしなくていい」

「そう。なら、よかった」

「親の都合で迷惑かけたくないってさ。立派なもんだろ、うちの母ちゃん」

「そうね。そう思った。優しい人」

「ちょうど俺の受験の年に、父親が働いてた小っこい信用金庫がでかいとこに吸収されたらしい。たぶん、給料も下がったんだろうな」

「それが、離婚の理由？」

「いや、違う。外に愛人もいたみたいだけど、それにも母ちゃんは目をつぶった。堪忍《かんにん》袋の緒が切れたのは、俺の進学を渋ったときだな。銀行マンのくせに金の使い方も知らねぇのかって。父親のほうが典型的なダメ男で、今どうしてるかもあんまり知りたいと思えないんだ。全然興味が持てない」

「そう」

　そのまましばらく、二人の足音だけが続いた。

「三澄のとこも家族仲いいんだろ。親はどんな人なんだ？」

「うちは普通よ。本当に普通。わたし以外、普通の家族」

　自宅から駅までの通り道にある公園を歩く。都内の公園にしては広い公園で中央の池からは鴨《かも》がのんびり泳ぐ水音が聞こえてくる。二人の足音がしばらく続いた。

「きっと、戸惑ったと思うの。わたしが、例えば同じ学年の誰とも違っていたのは客観的事実だから」

「まぁ、そうだろうな。俺だって三澄みたいな奴に会ったのは初めてだよ」

　笑ってそう答える。

「そうでしょうね」

三澄も俺に視線を向けて小さく笑った。公園の背の高い街灯が照らし出した三澄の穏やかな表情に、不覚にも心臓が少し跳ねた。

「今日みたいに家族でご飯を食べているときも、わたしが喋ると会話が止まっちゃうの。誰にも悪意はないのよ、たぶん。それでも会話が止まっちゃう。姪《めい》っ子の学校の話はすごく盛り上がるのに、私の留学の話は続かないの」

「なるほどな、目に浮かぶよ。それでＨＣＬプロジェクト、ってわけだ」

三澄がゆっくり立ち止まった。

「ねぇ万里部くん。もう一つ聞いていい？」

少し遅れて俺も歩を止めた。

「なんだ？」

「どうして、ＨＣＬのことをあなたは知ってたの？」

俺は頭をかいた。どう答えるべきか。ここで真実を答えてしまっては三澄の好奇心は失われてしまう。そうなったら未来からの指示は破綻《はたん》するかもしれない。果たして俺自身に、三澄の関心を引き続けるだけの魅力があるだろうか。今は自信がなかった。

三澄と違って俺みたいな人間はいくらでも替えが利くが、今はこの立場を誰かに譲りたくなくなっている。

「嘘《うそ》はつきたくないから正直に答えるけど」

三澄はじっと俺を見つめたまま続きを待っていた。

「それは、まだ三澄には言わないほうがいいって、そう言われた」

「ＨＣＬについて知っている誰かが、万里部くんにそう言ったのね？」

うなずく。

「これで勘弁してくれ。かわりと言ってはなんだけど、これからも付き合うよ。ハッピー・キャンパス・ライフ」

「ちょっと」

慌《あわ》てた三澄が周囲を見回す。

「人に聞かれたらどうするのよ。ＨＣＬってコードネームで言って」

俺は笑った。

「大丈夫だよ。人に聞かれたところでなんのことだかさっぱりだし、なにより無害極まりない内容だ」

「そうだけど……」

「今日は俺も楽しかったよ」

三澄が目を丸くする。

「わたしと一緒にいて、楽しかったの？」

「あぁ。だから付き合う。俺にとっても人生で最後の学生生活だ。来年から社畜だから」

「シャチク？」

「会社の為に馬車馬のように働くってこと。最初に会った日に三澄が言ったとおりだよ。さっさと卒業することしか考えてなかった。俺の日常は週一回学校に行って、バイトして、それだけだ。あとは何日密着しても同じだよ」

「そんなことない。確かにわたしには自分に課せられてる使命があるし、専門的なタスクも山積みだけど、今日の万里部くんの一日はわたしの毎日にはないことばかりだった。わたしにはあんなアルバイト仲間たちもいないし」

「でも、信頼してる一石教授はいる」

「そうね。先生との出会いは幸運だった。彼と出会ってなかったらどうなってたか、想像もできない」

「だから先生なんだな」

「えぇ。先生と呼べるのは一石教授だけよ」

駅のほうから流れてくる人がにわかに多くなった。新宿側からの電車が駅に着いたんだろう。

「行こう。こんな所で立ち止まってたらＨＣＬプロジェクトのこと誰かに聞かれちまう」

「それは大問題だわ」

三澄は大真面目にうなずいた。

青梅街道沿いの地下鉄の階段の前で三澄は立ち止まった。

「ここでいい。今日はありがとう。興味深かったし――わたしも楽しかった」

「あぁ」

「明日はアラーム必要ないわ。たぶん、このあと寝ないから」

「徹夜か？」

「週明けまで立て込んでるの。もしかしたら月曜の朝まで第二研究室にこもってるかもしれない。ぎりぎりにきてくれると助かるわ」

「本当に忙しいんだな」

「わたしは国の宝よ」

俺は笑った。三澄も同じように小さく笑っている。

「今度は、三澄の父親にも会ってみたいな」

「わたしの？」

「子供にいい父親って言われる人と、話してみたい。あと、もう土偶は送らなくていいとも伝えたい」

「無駄よ。人のアドバイスは聞かないわ」

なるほど、だから土偶が七体も並んでしまうわけだ。

「次は、週明けだな」

「うん、おやすみなさい」

階段を降りていく三澄を見送る。

そうか、明日は三澄を起こしに行けないのか。ハヤシライスは手土産に渡せばよかった。

始まりは未来の三澄からの指示だったが、今は自分の意思でもっと三澄のことを知りたくなっている。

ここまで未来の三澄は織り込み済みだったのだろうか。

一人で薄く笑った。

たぶんそうなんだろう。

なにせ相手は天才なのだ。

第五章

一石教授の考察

V

週末は二日とも、朝から晩までバイトだった。

オープン作業のあとにまかないのパスタを食べて、そのあとは空席が出ることなくディナータイムに突入した。周辺の百貨店がイベントでも催しているのかもしれない。混雑していると時間はあっという間に過ぎていく。俺を訪ねて客がきたのは、日曜日のラストオーダー直前だった。案内した百瀬さんが、グラスを拭《ふ》いている俺に駆け寄ってくる。

「マリブ、なんかお客さんきてるよ」

「お客さん？」

「うん、マリブくんを呼んでくれって。Ａ０卓に通したけど」

百瀬さん越しに、店の一番奥の座席を覗《のぞ》きこんだ。二階堂さんが薄手の上着を脱いでいるところだった。

「知り合い？」

百瀬さんが小声で言う。

「まぁ、面識はある」

「芸能人？　華ありすぎて戸惑うんだけど」

「いや、そういう仕事はしてないと思う。すごいハイスペックなビジネスマン」

「まーじかよ。紹介して欲しいくらいだわ。イケオジすぎ」

ここのことは、たぶん三澄に聞いたんだろう。単位取得状況の情報は持っているかもしれないが、バイト先のことは大学に提出していない。

俺になんの用だろうか。

「たぶんラストゲストだし、ちょっと話してきたら。チーフに言っとく」

百瀬さんはそう言ってお冷やのグラスを二つ用意した。

「ありがとう。なんか最近こんなんばっかで悪いな」

「いいっていいって。またコンビニのコーヒーご馳走《ちそう》してくれれば、それでいいってー」

百瀬さんは笑ってそう言った。

前掛けを外して二階堂さんの待つ奥の席に向かう。

三日前、三澄とカプチーノを飲んだのもこの席だった。

「やぁ。ごめんね仕事中に」

「いえ、もう落ちつく時間だったんで。どうしたんですか」

「二人で話したくてね。ちょっと時間もらえるかな。十分もあれば済むよ」

店の閉店まではあと一時間ある。イタリアンレストランのラストオーダーは比較的余裕をもって設定されている。焦《あせ》って食べるような料理でもないからだ。

四人掛けのテーブルを挟んで二階堂さんの前に座る。

「いい店だね。翠と一緒にきたんだろう。随分喜んでいた」

「はぁ、まぁ、成り行きで」

「一石研、独特だろう。先生も、翠も」

笑ってうなずく。メニューを持ってきた百瀬さんに、二階堂さんはホットコーヒーを注文した。

「こんな時間にきてコーヒーだけで申し訳ない」

優雅に恐縮した二階堂さんに、完全接客モードの百瀬さんが非の打ち所のない笑顔を向ける。

「いえいえ」

「万里部くんも、コーヒーでいいかい？」

二階堂さんが俺に聞いた。うなずく。

「じゃあ、コーヒー二つ」

百瀬さんが去ると、二階堂さんはテーブルの上で両手を組んでそこに顎《あご》を乗せた。どんなポーズも様になる。隙《すき》がない。

「翠とは長い付き合いなんだけどね」

二階堂さんが穏やかな笑みを浮かべて言った。

「万里部くんほど、彼女と親しくなった人間を僕は知らない。すごいね、万里部くん。ここ最近、毎日のようにきみの話を聞かされてるよ。この状況は前代未聞だ」

意図がわからず、曖昧《あいまい》にうなずく。

「だから僕も、正直ちょっと焦った。のんびりしてると取り返しがつかなくなりそうだと思って、迷惑も顧みずこうやってきみと話をしにきた」

俺は二階堂さんを見つめた。声色も姿勢もいつもどおり優雅ではあるが、どことなく違和感がある。本人の言葉通り、焦りがあるからだろうか。

「すみません、ちょっと話が見えなくて」

二階堂さんは黙ったまま微笑《ほほえ》み、やがて言った。

「僕は翠と結婚したいと思ってる。協力してくれないか、万里部くん」

ちょうどそのタイミングでコーヒーを持ってきた百瀬さんが中途半端な場所で立ち止まり、何故《なぜ》かその場でくるりと一回転した。

俺と二階堂さんの視線が百瀬さんのほうに向き、百瀬さんは取り繕うような笑顔を浮かべた。

「コーヒーですー」

　百瀬さんがまん丸の目で俺に目配せする。これも意図はよくわからなかったが、とにかく百瀬さんが驚いていることはよくわかった。たぶん、二階堂さんが退店する頃には店のスタッフ全員にこのことが伝わっている。

　二階堂さんは一口コーヒーを飲んで、また両手を組んだ。

「美味《おい》しいコーヒーだね。まっとうなアメリカーノだ。元々は侮蔑《ぶべつ》的な意味もあったらしいけど、さっぱりしてて美味しいよね」

　俺は曖昧にうなずいた。二階堂さんが微笑んだまま続ける。

「翠は、今度父親と万里部くんを会わせてみようと思ってると言っていた。青天の霹靂《へきれき》だよ。二人はもう恋仲なの？」

「いや、そういうわけでは」

「よかった。僕としては万里部くんが本格的に翠を好きになる前に話したかったんだ」

　二階堂さんの口元から笑みが消える。真顔で俺を見つめ、返答を待っていた。

「正直、今のこの状況に戸惑ってるだけで……、それに三澄とは今のところ、はっきりと恋愛は――」

「してない？」

少し考えてからうなずいた。たぶん、お互いにまだそういう意識はしていない。一緒にいて疲れない、楽しいと、俺が感じているだけだ。

この二階堂さんの訪問は、未来の三澄のプランにあるイベントなのだろうか。それがわからなかった。

「協力ってどういうことですか。付き合いが長いなら、それこそ二階堂さんと三澄の問題って気がするんですが」

「毎朝のアラーム役。あれを僕と替わってほしい。定例会議には僕も参加してるから遅刻させることはない。その役目が万里部くんの卒業単位の対価となっているんだろう？一石研と大学側の窓口は僕だ。融通も利《き》かせられる。最高評価の成績を約束するよ」

「別に成績なんて、どうでもいいですよ」

「そうかい？　一石研にきたときはむしろ、卒業することにしか興味のない学部生だったって聞いてたけど」

そのとおりだった。ほんの二週間前だ。確かに俺は自分の内定を無駄にしないことしか考えていなかった。

「卒業だけで譲歩できなければ、卒業後の進路もより条件のいい就職先をなんとか用意する。僕の会社はたぶん、アジアの中ではそれなりの資金をまわしているほうだ。大手企業にも顔は利く」

二階堂さんはそう言って、名刺を出した。初日にもらったのとは違う名刺だった。つや消しの厚紙で、名前の横に代表取締役と書かれている。

「どうして、ここまで」

「普通の戦略では僕に勝ち目がないからさ。毎日あんな愛情のこもった料理を作られていたら、憎からず想《おも》い始めるに決まってる」

「いや、別に愛情を込めてるわけでは――」

「親が送ってきた調味料で栄養のある食事を毎日振る舞う。これは充分愛情だよ。翠のように毎日激務をこなしている人間には染《し》みる」

返す言葉がなかった。

「でも僕はね、翠には心の安まる普通の生活は必要ないと思っている。彼女にとっては社会の規範に収まることのほうが特許技術を開発するよりも難しい。翠しか達成し得ない課題を用意し続けてあげるのが、一番彼女のためになることだ。それが彼女の栄養なんだよ。そして僕にはそれが用意できる」

「いや、でも。三澄は――」

普通になりたがってもいる。そう言おうとして、彼女がＨＣＬのことを誰にも言っていないことに思い至った。俺が黙っていると、二階堂さんがまた口を開いた。

「やっぱり、ちょっと遅かった。自覚があるかどうかはさておき、翠のことが好きだろう」

　肯定も否定もできず、目の前のコーヒーカップの中の黒い水面をぼんやり見つめた。

「万里部くん。一石先生と翠は確かに天才だ。でも、だからこそ二人には環境が必要なんだよ。そして二人の今の環境は、僕が一人で整えた。笑っちゃうくらい高額な第二研究室の維持費を、僕はあの手この手で稼ぎ出している。因《ちな》みに、一切法には触れてないよ、念の為」

　二階堂さんはもう一度コーヒーに口をつけて続けた。

「僕だって人間だ。二人の理解者である前に一人の男だし、女性としての翠が好きだ。彼女の心を手に入れるためなら汚い手に出る覚悟を決めて、今日きみと話をしにきた」

「汚い手……？」

「万里部くんが身を引いてくれないなら、僕は第二研究室のサポートを止《や》める。地下の装置の安定起動は不可能になる。あれは二人の夢の結実だ。それが、きみの行動で打ち砕かれることになる」

「それって、好きな人にすることですか」

「汚い手だよね」

　二階堂さんは自嘲《じちょう》した。

「本当に、三澄のことが好きなんですか、二階堂さん」

「世間一般の恋愛感情とはちょっと違うかもしれない。僕と翠は利害関係者でもあるし、だからこそ絆《きずな》が強いとも言える。共存関係にあるからね」

二階堂さんは一度言葉を切って微笑んだ。

「でも、みっともない手に出るくらい、僕は本気だよ。翠の部屋の合鍵《あいかぎ》を返してくれないか、万里部くん。あの部屋は法人名義で借りていて僕が管理している。社宅みたいなものだ。これは物件の借主からの正式な返却依頼だと思ってくれていいよ」

少し考えてから、結局鍵を二階堂さんに差し出した。

二階堂さんが鍵をしまうのを見つめながら、自然とこの二週間の三澄の姿が頭にうかんできた。

いつも妙なヨレヨレのTシャツを着てダルそうにしている寝起きの姿、寂しげに父親からの仕送りを見下ろす横顔、それに、一日密着の最後の控えめな笑顔。

押し黙っていると、二階堂さんは立ち上がり、上着に袖《そで》を通した。

「ごめんね、万里部くん。どうか他の相手と素敵な恋をしてくれ。仕事中に悪かった。また研究室で」

「あの」

二階堂さんは動きを止めて俺を見下ろした。

「……明日は、ぎりぎりまで寝ていたいって三澄が。週末、立て込んでるからって」

二階堂さんは薄く笑った。

「あぁ。翠は今第二研究室で作業中だ。このあと僕も合流する。善処するよ」

二階堂さんは伝票を手に取りレジに向かっていった。

会計の音を遠くに聞きながら、俺は口をつけなかった自分のコーヒーをしばらく見下ろした。

店がノーゲストとなり、『Closed』の札を出してから百瀬さんが叫んだ。

「なんじゃいあいつ！」

自分と二階堂さんのカップを下げながら俺はため息をついた。

「一応聞くけど、どれくらい聞こえてた？」

「全部に決まってんじゃん!!　スイって三澄さんのことでしょ？　マリブがこの前連れてきたあの自称天才の」

「そうそう」

自称はしていなかったと思うが。

「イケメンなのにロリコンかよあいつー！　残念すぎるー！　いやそれはいいわ。マリブもマリブで、なんで黙ってんの！　彼女じゃないの!?」

「彼女、ではないな」

「あ、そうなの？」

うなずくと、百瀬さんは拍子抜けしたようだった。

「そうか。それならまぁ、急にあんなん言われても黙るしかないか」

「まぁ……」

洗い場で会話を聞いていた千嶋が苦笑いを浮かべる。

「それくらいにしてやってよ、百瀬さん。色々あんのよ、恋愛に関してはそいつ」

「えっ、そうなのん？」

百瀬さんの瞳《ひとみ》にあからさまな好奇の色が宿る。

「別に複雑な話じゃないよ、単に結婚願望がまったくないってだけ」

観念してそう言った。

「あ、そうなん？　わたしもわたしも」

「そうなの⁉」

洗い場の千嶋が目を丸くして叫んだ。

「結婚観一緒じゃんよマリブー、付き合っちゃう？　わたしたちが」

「ダメだろ、そんなんで、軽々しく、付き合っちゃうんじゃないよ！」

千嶋が洗い場から濡《ぬ》れた手のままずかずかと出てきた。

「わぁ、千嶋！　そこ今モップかけたっ！」

「あ、ごめんなさい」

千嶋は背中を丸めて洗い場に戻っていった。千嶋の情けない姿に俺は笑った。

一通り笑ったあとで、呟《つぶや》くように言った。

「結婚がどうのっていうか、父親になるのが怖いんだ。自分の父親がしょうもないから、俺もそうなる気がして」

「なるほど……、気持ちはわからんでもないけど、マリブはマリブよ？」

百瀬さんはそう言って俺の尻《しり》をパンと叩《たた》き、掃除の作業に戻っていった。

千嶋の洗い物の音がしばらく続いた。

「仲いい……」

千嶋が恨めしげに呟いた。

「安心しろ、親友の想《おも》い人には手は出さん」

「万里部っ」

千嶋が下がり眉《まゆ》で口角を上げ、泣いてるんだか笑ってるんだかわからない顔をした。

「お前が親友かどうかは別問題だ」

「万里部……」

帰宅して自室のベッドに寝転んでからも、二階堂さんと話したことが頭の中をぐるぐる回っていた。

こんな風に暗い天井を眺めるのは久し振りだ。

彼は本気に見えた。

確かに普通の恋愛感情とは違うが、当の三澄の立場だって普通からはかけ離れている。俺の感覚は二人の世界とはズレていて、二階堂さんのほうがより深く三澄を理解しているのかもしれない。

そんな人間と張り合えるだけのものを、俺は持っているだろうか。

そもそも俺が三澄と親しくなったのは、未来の三澄にそうしろと言われたからだ。

自分から動いたわけではない。

いつものように、誰かに言われたことをこなしているうちに、第一印象よりも話しやすかった見た目のいい女の子に、好感を持っているだけなんじゃないか。

毎朝の隙だらけの格好だって刺激が強かった。あれに関しては三澄も悪い。警戒心がなさ過ぎだ。

三澄は二階堂さんを泰兄と呼び、二階堂さんは翠と呼ぶ。その距離感に微《かす》かな嫉妬《しっと》を感じている自分が身勝手で軽薄に思えてくる。十数年来の付き合いのある二人に、たかだか二週間アラーム役を務めただけの俺がなにを言えるだろう。

——八方ふさがりだ。解決策が浮かばない。荒れ果てた部屋の片付けとはわけが違う。

未来の三澄の言葉が真実なら、こうしている今も少しずつ世界の終わりに近づいているのだろうか。ならばそれはいつ確定する？　俺が完全に諦《あきら》めたときなのか、三澄と二階堂さんが結ばれたときなのか。そのときには俺の体の中でも量子が暴走するのか――

三澄との日常で薄れていた恐怖がじんわりと拡《ひろ》がっていく。自分の死が音もなく近づいてきているのに、為《な》す術《すべ》がない。

目を閉じて息を吐く。吐息は情けなく震えていた。

眠気は一向にやってこなかった。

スマートフォンのアラームの音で目が覚める。体感的には寝付いたばかりだった。

枕元《まくらもと》に手を伸ばしアラームを切る。

朝の七時だった。

「くそ。自分のアラームを切り忘れてた……」

もうこんなに早く起きなくていいのに。

うつ伏せのまま二度寝を試みるが、なかなか寝付けない。

三澄を起こしに行く生活リズムを体が覚えてしまったらしい。

諦めて起き上がり一階に降りると、母親が食卓で化粧をしていた。

「あれ、おはよう。もうでかけたのかと思ってた」

「化粧は洗面台でって言ってるだろ」

「ごめんごめん」

微塵《みじん》も反省していなそうに母親は言った。

洗面台で口をゆすぎ顔を洗う。

「アラーム兼家政婦はどうしたの？」

リビングから母親が言った。

「うん、まぁ」

曖昧な返事をする。顔を拭いてリビングに戻り、コップ一杯の水を飲む。

「喧嘩《けんか》でもした？」

母親が呑気《のんき》に聞いてくる。

「してないよ。そういう仲じゃない」

「そう？」

化粧を終えたらしい母が机に置いていた鏡を閉じて化粧道具をしまう。

「またきてくれないかなー、三澄さん」

「どうだろうな」

母親を見送ったのが七時半頃。

自宅が静かになった。

自分の両手を見下ろす。いつもどおりの自分の両手だった。量子はまだ暴走していない。

　この体が動くうちに、未来の三澄の知恵を借りよう。今の俺にはそれしかできない。


　九時過ぎに田端駅に着いた。

　三澄は、月曜日の朝まで作業が長引くかもしれないと言っていた。第二研究室が確実に無人になるのは、会議の始まる十時だ。

　改札の近くにあるバーガーショップに入ってコーヒーを頼み、窓際《ぎわ》の席に座る。

　ここなら第二研究室の入り口が見えるし、自宅から第一研究室に向かう三澄の姿も見えるはずだ。

　九時半を少し過ぎた頃、髪を後ろに結った三澄の姿が視界に入ってきた。

　隣を二階堂さんが歩いている。二人は三澄の家のほうから歩いてきた。

　思わず目を逸らした。二人は、俺にはまったく気付くことなく店の前を通り過ぎていった。

　自分がいなくても、三澄は起きられるんだな。

　そんな当たり前のことを思った。

　寂しさに浸る間もなく、すぐに恐れを感じ始めた。

　両手を見下ろす。自分の意思とは関係なく、てのひらが震えていた。

未来の三澄は、俺と三澄が結ばれないと世界が終わると最初に送ってきた。今、三澄の隣を二階堂さんに明け渡したわけだが、どうやら世界が終わる気配はない。

あとどれほどの猶予《ゆうよ》があるのか、まだ打てる手はあるのか――情けないことに、頼みの綱は未来の三澄だけだ。

とっくに空になっていたホットコーヒーの紙コップをゴミ箱に捨ててバーガーショップを出た。

信号を渡り、第二研究室の入り口に立つ。網膜認証用のカメラの前に立ち、赤いランプが緑に変わるのを待った。

「――あれ」

いつもならとっくに認証されているはずなのにランプは赤いままだった。カメラから顔を離し、もう一度目を近づける。それを何度も繰り返したが状況は変わらない。

ひとつの可能性に思い至った。

「二階堂さんか――」

体から力が抜けていき、視界が端から狭まっていく。状況を整理しようとしても思考が一向に定まらない。

そのとき、誰かの叫び声が俺の意識に差し込まれてきた。

「万里部くん！」

顔を上げると、横断歩道を渡ってくる三澄と目があった。三澄を中心にして、霞《かす》んでいた視界が鮮明になっていく。三澄は俺に駆け寄ってきて言った。

「ふらふらじゃない。なにしてるわけ」

すぐには言葉を返せなかった。

三澄は不安げに俺を見上げている。

「そっちこそ、なにしてるんだよ。重要な会議は大丈夫なのか」

「ここから網膜認証のエラー通知が何度も飛んできてて放置できるわけないでしょう」

そう言って、三澄は不審げな目をカメラに向けた。

「おかしいわね。万里部くんのアカウントは登録されてるはずなのに。初めての誤作動だわ」

「いや、誤作動と決まったわけじゃなさそうだ」

三澄は俺を振り返った。

「どういうこと？」

「この網膜認証の設定権限は、誰が持ってるんだ？」

「第一研究室と第二研究室のＩＰアドレスからつなげば管理権限を持てるけど、実質はわたしと泰兄だけね」

思ったとおりだ。

俺が黙っていると、三澄は訝《いぶか》しげに目を細めた。

「どうして今日、起こしにこなかったの」

不意に三澄はそう言った。真顔のまま俺の言葉を待っている。

「二階堂さんに、替わって欲しいって言われた。俺のアクセス権を消したのも、たぶん二階堂さんだと思う」

「泰兄が？　なんでそんなこと」

「嫌われたのかもしれない」

「子供じゃないのよ、あり得ないわ」

そう言って三澄は唇に指を触れながらなにかを考えていた。

「まぁいいわ、時間がないから万里部くんもきて」

「きてってどこに」

「第一研究室。会議があるから」

「二階堂さんもいるんだろ。あんまり歓迎されない気がするんだけど」

「いいから」

三澄は俺の腕を摑《つか》んで、青が点滅している歩行者信号を駆けて渡った。引きずられるようにあとに続く。

「泰兄と万里部くんの間でなにがあったかは知らないけど——」

三澄は前を向いたまま続けた。

「アラーム役はともかくとして、ＨＣＬプロジェクトはどうなるのよ。協力するって言ったじゃない。あれは一石研には関係ない、わたしと万里部くんの約束でしょう。頼まれごとは断れないんじゃなかったの」

三澄は一息にそう言った。少し怒っているような声色だった。

不思議と、三澄が怒っているのが俺は嬉《うれ》しかった。

「今日も万里部くんが起こしにくると思って完全に気を抜いてた。勝手に交替されたらわたしだって困るわ。どういうつもりか泰兄に聞いてみる」

「自力で起きるっていう選択肢はないわけだな」

「当たり前じゃない。無理なもんは無理よ」

感心するほど潔《いさぎよ》い返答だった。

三澄に腕を引かれたまま五階分の階段を上がり、第一研究室のメインルームに入った。

会議机の中央に大型のディスプレイが置かれていて、映像通話アプリの待機画面が表示されている。一石教授と二階堂さんがその前に座っていた。二階堂さんは優雅に足を組み、一石教授は珍しくパイプを咥《くわ》えていなかった。

「久しぶり、万里部くん」

一石教授がゆったりとした口調で言った。二階堂さんは意味深な微笑みを向けただけで、すぐに手元の資料に目を落とした。

「三澄くんが急にすっ飛んでいったと思ったら、万里部くんに会いにいってたのかい」

一石教授が言った。

「そんなわけないじゃないですか。第二研究室の入り口の認証エラーが続いたので何事かと思ったんです」

二階堂さんが顔をあげる。

「そんな状況に一人で？　危ないじゃないか」

「危なそうな相手だったらすぐに連絡しようと思ったけど、おおよそ見当はついてたし、事実そのとおりだった。泰兄、このあと聞きたいことあるからよろしく」

「なんだろうな」

二階堂さんはとぼけたような微笑を浮かべたまま首をかしげ、その視線を俺に向けた。

「万里部くん、できればカメラには映らないほうがいいな。万里部くんも一石研の所属ではあるけど、学部生が立ち合ってることについて他の参加者に説明するのはちょっと面倒かもしれない」

一石教授がうなずく。

「でも貴重な機会ではあるから、その辺から見てるといいよ。リングレーザー通信機そのものに比べれば、この会議の機密性なんて知れてるしね」

そう言いながら一石教授は、窓際の小さな机のほうを指差した。確かにここなら画角には入らなそうだ。

三人から少し離れた位置に座りスマートフォンを取り出す。時計を確認すると、九時五十九分から十時に切り替わる所だった。

ほぼ同時に、スピーカーから音声が流れだす。数人の中年男性の堅い印象の挨拶《あいさつ》が聞こえた。全員が英語を話している。一石研の三人も英語で答えていた。

グッドモーニング、ミスター・ナントカ――聞き取れたのはそこまでで、あとはなにを話しているのかほとんどわからなかった。

二階堂さんが全体の進行役で、振られた三澄が日本語以上の早口でなにかを説明する。英語はわからないが、三澄に迷いがないことはよくわかった。たまに一石教授が補足説明をする。一石教授の英語は三澄と二階堂さんの発音と少し雰囲気が違うが、いずれにしても日本人の不慣れな英語の印象はない。

極めて俗世的だが、三人が英語を母国語と同じように扱っているのを目の当たりにして初めて、本当に頭のいい人たちなのだと、実感が湧《わ》いてきた。住んでいる世界が違うのだ。

一石研を映しているカメラはディスプレイの上部に取り付けられている。画角に入れない俺からは他の参加者の顔は見えなかった。

まさに立て板に水を体言するような三澄の説明が終わると、なんの前触れもなく会議は終わった。スマートフォンの時計によればちょうど十時十分。

確かに、時間に厳格な参加者が集まっているらしい。

「泰兄、第二研究室の入り口のセキュリティ、いじった？」

おもむろに三澄が言った。

「あぁ。週末、翠が作業してるときにちょっとだけ強化した。ごめんね、万里部くん、伝えるのを忘れていた」

「いや――」

確信犯でしょう、という言葉をのみ込んだ。

「あ、そうか。週末は実機テストしてたんだっけ」

一石教授が、自分の机の上からパイプを手に取りながら言った。初めて見る形のパイプだった。一体何本のパイプを持っているのだろう。

「はい。自動送信メッセージを使ってデバッグを」

三澄が答える。一石教授はパイプに煙草の葉っぱを詰めながらうなずいた。二階堂さんが立ち上がり、会議机においてあったリモコンで大型ディスプレイの電源を落としてから言った。

「そんな実験中に誰かが入ってきたらまずいじゃないか。だから一応セキュリティレベルを上げておいた。戻し忘れていたのは謝るよ」

「泰兄、一階で仕事してたでしょう。そこで声かければ済む話じゃない。筋が通っていない、なにを隠してるの」

二階堂さんは肩をすくめて苦笑いを浮かべた。

「じゃあ正直に言う。僕は翠と先生のことは信用してるけど、それと同じように万里部くんのことは信用できてないんだ。これは自然なことだろ。万が一、情報漏洩《ろうえい》が起きたときに万里部くんを疑いたくもない。ごめんね万里部くん、これはきみを責めているわけじゃない。No offense」

「わかります」

俺はそう答えたし、実際二階堂さんの感覚も理解できる。

俺でも同じように、付き合いが半月にも満たない相手のことを全面的に信用したりはしない。三澄は自分のセキュリティ管理に自信がありすぎるんだろうし、一石教授はなにを考えているのか俺には未《いま》だに計り切れていない。

「万里部くんは大丈夫よ。フラグを戻しておいて」

三澄はきっぱりとそう言った。

思わず三澄の顔を見てしまった。俺の中で三澄への気持ちの形が変わってきているように、この数日で三澄にもなにか変化があったのだろうか。

三澄は涼しげにも見える表情で、まっすぐ二階堂さんを見つめている。

「機能の完成が先かな。それより翠、そろそろ出る時間だろう」

二階堂さんがそう言うと、三澄は煩《わずら》わしそうにため息をついた。

「ねぇ、あのウェアラブルデバイスを作ったの、もう二年前よ？　どうして今更わたしがクライアントに技術説明をしないといけないの。泰兄でもできるでしょう。そもそも新しいこととしてないわよ、あの端末では」

「相手は一部上場企業だよ、翠。技術責任者を招いて説明を受けて、充分な検証を果たした上で決裁したという手続きが必要なんだ。通過儀礼と言ってもいい。組織的な判断をしたという事実を残して、事故が起きたときの責任を回避しようとする。それが優秀なサラリーマンの思考だよ」

「くだらない。そんなことに時間を使いたくないわ」

「でもこれで、第二研究室の運営費が干支《えと》一周分まかなえる。バイトだと思ってさ」

一部上場企業への技術説明のバイト。凄《すさ》まじい話だ。三澄は指で机をコツコツと叩きながらなにかを考えていたが、やがて立ち上がった。

「万里部くん、ちゃんと待ってなさいよ。まだ話の途中なんだから」

「あぁ、こっちには時間はたっぷりある。ごゆっくり」

「うらやましいわ。時間がお金で買えるなら石油王くらい稼ぐのに」

三澄は帆布のショルダーバッグを乱暴に手に取って廊下を歩いていった。二階堂さんが上着を腕にかけて俺と一石教授のほうを振り返る。

「じゃあ先生、後ほど。万里部くんは——今日はもう会わないかもしれないね」

黙ったままうなずく。

「いってらっしゃい」

一石教授が二階堂さんの背中に向かって呑気に言った。

玄関扉の開閉音がして、二人が階段を降りる足音が遠のいていく。

一石教授は不思議な形をしたオイルライターでパイプ煙草に火を付けた。すぱすぱと小刻みにパイプを吸う度、パイプ煙草からあがる煙が濃くなっていく。

「これ、横に火が出るんだよ。愛煙者用にこんなものも売ってる。パイプ専用のライターだよ。世の中って広いよね」

一石教授は火のついたままのライターを横にして見せてくれた。

確かに、火は横向きになったライターと直角に上がっている。

「なんだか久しぶりだよね。と、言っても万里部くんがここにきたのがちょうど二週間前か。もうアラーム役には慣れたかい？」

一石教授の口ぶりから、二階堂さんは一石教授にもなにも伝えていないのだろうとすぐにわかった。

三澄もなにも知らなかった。二階堂さんは単独で動いているんだろう。

「疲れ気味、かな？」

俺が黙っていると一石教授は優しい声でそう言った。

軽い返事で誤魔化そうとしたが、うまく笑えなかった。一石教授が首をかしげる。

第二研究室のアクセス権を奪われたことが、自分でも驚くほどこたえている。仮に三澄が二階堂さんを説得してくれても、きっと他の理由をつけて同じことをされる。一時的にアクセス権が戻ったところで、二階堂さんがそのままにするとは思えない。

もう、未来の三澄を頼ることもできない。これで俺はとうとう一人になった。もう誰の力も借りられない。

あの実証実験から張りっぱなしだった緊張の糸が切れた。自分一人で抱えてきた重荷が崩れ落ちていくようだ。すれすれだったなにかが決壊してしまったらしい。

ため息とも嗚咽《おえつ》ともつかない吐息が漏れ出た。

限界だ。いや、とっくに限界を超えていた。

世界を背負うなんてことは俺にはとてもできなかったんだ。

伏せていた目を一石教授に向ける。のんびりパイプを吹かしていた一石教授がそれに気付き、俺に微笑を向けた。

「一石教授——」

力ない俺の言葉に、一石教授が小首をかしげた。

今更打ち明けたところで、こんな事態になるまで黙っていたことを責められるだろうか。

でも、この人なら、なんとかしてくれるかもしれない。

目を閉じる。

一石教授に話そう、この人の力を借りよう。

暗闇《くらやみ》の中で決意を固め、深呼吸してから一石教授に言った。

「二週間前、ここで一石教授からアラーム役を頼まれたあとです。俺、第二研究室で未来からメッセージを受け取りました」

一石教授が目を丸くする。しばらく沈黙が続いた。

「黙ってて、すみません」

「謝る必要なんてない」

そう言った一石教授の目に、爛々《らんらん》とした好奇の色があった。

「それで？」

俺は最初のメッセージが届いた日のことを思い出しながら言った。

「送り主と年数は不明。内容は一言、三澄翠とは関わるな。実証実験の前には届いていました」

「ふむ」

「そのあと――今度は未来の三澄翠と名乗る相手から連絡がきて、タイムスタンプは二〇三一年。このメッセージも実証実験の前に――」

「ちょっと待ってね。これはちゃんと整理したほうがよさそうだ。実に面白いよ、万里部くん」

一石教授は大型ディスプレイを乱暴に押しのけて、かわりにホワイトボードを部屋の真ん中に引きずってきた。全面を埋めていた数式を手早く消し、そこに今話したことを書き始める。

一通目、三澄翠とは関わるな――年数・送り主、不明。

二通目――二〇三一年・自称三澄くん。七年後。

「二通目の内容も詳しく聞きたいね。この二週間、未来からの接触は続いていた？」

「はい」

俺は、今日までに起こったことを思い出せる限り一石教授に伝えた。

一石教授はパイプを吸いながらじっくり話を聞いていたかと思うと、なんの前触れもなく整理された事実をホワイトボードに一気に書き付けて「続けて？」とこっちを振り返った。

それが何度か続き、今日に至るまでの手書きのログがホワイトボードに出現した。

「なるほどね。最初の怪文書の相手が過去の改変を画策。それを防ごうとしているのが七年後の三澄くんで、その具体的方法は、万里部くんと三澄くんが恋をすること。どうもそこがつながらないけど、相手が本当に三澄くんであるなら、なにか意図があるんだろう」

一石教授は自分の書いた表をじっくり眺める。

俺も、実際の時系列とズレていないか、改めて接触の記録を眺めた。

大丈夫だ。これでも多少、人より神経質の気がある。記憶力もいい。もう少し色んなことを忘れたいと思うほどには。

「このログを見ていると――未来の三澄くんは未知の相手からの接触も含めて、前回よりも過去には接触しないようにしているね。万里部くんが受け取った連絡が、ちゃんと時系列どおりに並んでいる」

「どういうことですか？」

「つまり、未来の三澄くんがその気になれば、怪文書の相手の一通目よりも更に過去に接触できたはずなんだ。リングレーザー通信機が起動した瞬間までの任意のときに送れるのに、それをしない」

確かに、言われてみればそうだ。

「おそらく、未来からの接触による過去の改変を最小限に抑えようとしているんだろうね。この未知の相手と、より過去への接触を競うようになると無限小に時間を切り刻むことになる」

一石教授の言葉は、自分の中でまとめている思考が、外に漏れているだけのようにも思えた。これが、三澄が言っていた壁打ちの相手、ということだろうか。

「それともう一つ。この装置の運用に当たっては、一個人の都合で過去の改変が起こらないように重い規約をスポンサーと一緒に作っている。それが午前中の会議の最大の目的だ。現状は草稿段階だけど、過去への接触回数や遡《そ》行《こう》年数に制限をかける案は既に出ている。その規約を三澄くんは守っているのかも知れないな」

一石教授はそう呟いてしばらくホワイトボードを眺め、やがて、いつになく真剣な表情を俺に向けた。

「万里部くん、不安だったろう。よく頑張ってくれたね。すごいじゃないか。名もなき英雄だよきみは」

そう言って一石教授はニコリと微笑んだ。

顔が熱くなるような、喉《のど》の奥が少し締め付けられるような、不思議な感覚があったが、涙を流すことは堪《こら》えた。

「最後にもうひとつ。今日まで、万里部くんのよき相談相手は未来の三澄くんだったわけだろ。私に話してくれたのは——あぁ」

一石教授は話しながら結論に思い至ったようで、楽しげに笑いながら白煙を吐き出した。

「なるほど。仕事熱心な二階堂くんのせいで第二研究室に入れなくなったわけだ」

「はい」

「よし」

一石教授はそう言って立ち上がり、まだ煙の筋が揺らめいているパイプを机においた。引き出しを開けてガサガサと大きな音を立てながらなにかを探す。どうやらまったく整理されていないらしい。この師にしてあの三澄あり、というわけか。

「あれ、どこいったかな――あぁ、あったあった」

一石教授は小さなＵＳＢメモリを掲げてニヤリと笑った。

「これこれ。行こうか」

「え、行くってどこに？」

「もちろん、第二研究室。未来の三澄くんと話しに」

第二研究室の入り口の網膜認証を一石教授がパスし、先に俺が中に入った。そのあとで一石教授はもう一度網膜認証を行い、今度は自分が入ってきた。

「やっぱり多重認証ははじかれなかった。認証だけして入り損ねる場合もあるから、どっちの設定にもリスクはあるね」

一石教授は笑いながらそう言って、ロッカーから上着を取り出した。鉄壁のセキュリティも内部協力者の前では無力のようだ。

地下に降りると一石教授は迷いのない足取りで操作端末に向かい、持ってきたＵＳＢメモリを差し込んだ。

「さて、計算機に触るのは久しぶりだな」

両手を揉《も》むようにしながら一石教授はそう言い、俺を見上げていたずらっぽい笑みを浮かべた。

それから、三澄のタイピングをスローモーションにしたくらいのゆったりした速度でキーを叩き、三澄がよく開いているのと同じ画面を表示した。

「プロトタイプでもここまでできてるのか……。圧縮プログラムは最終デバッグ中――暗号化プログラムが仕上げ前、なるほど、なるほど」

速度は遅いが、一石教授はまったく手元を見ずにキーボードを叩いていた。

「一石教授、パソコン触れるんですか」

「一時期簡単なプログラミングにハマってね。電卓に毛が生えたような計算機で簡単なゲームを作って遊んでいた。三澄くんと二階堂くんにはナイショね」

「え、なんで、ですか」

「紙とペンしか使えない物理学者のほうが、カッコいいでしょ？」

そう言って一石教授は、過去に三澄が作ったなにかのプログラムから、暗号化の部分だけ拝借してきて、三澄のプロトタイプに書き加えた。操作に一切の迷いがない。どこになにがあるか完全に把握しているようだ。

「これで動くかな。動くといいけど。本来は三澄くんが最初に起動すべきなんだけど、そうも言ってられないからね。三澄くんにどこまで情報開示していいのか判断するためにも、使わせてもらおう」

一石教授がエンターキーを叩く。

真っ黒な画面にプログラムの進行状況らしきものが表示され、やがてSUCCESSと表示された。

「動いた。さて、未来との連絡はいつもどう始まるんだろう」

「向こうから連絡がきます。ログインすると未開封のメッセージがある状態になってて」

「ログイン履歴を未来から参照して、時刻を指定して送ってきてるんだろうね。ということは、万里部くんのアカウントでログインしてもらえば接触してくるかな」

一石教授にうながされてディスプレイ上部のカメラに顔を近づけた。網膜認証の画面が表示され、アカウント認証が通る。

「きた。タイムスタンプは二〇三一年。三澄くんだね」

一石教授がその未読メッセージを開くと、初めて見るアラートウィンドウが表示された。

Acceptというボタンをクリックすると画面に女性が表示された。見覚えがあるとも言える人物だ。確実に面影がある。場所は第二研究室の地下だった。壁が真っ白で一階への階段が見えている。

今の三澄より前髪が長く、後ろ髪は首の辺りで切りそろえられていて清潔感がある。

二〇三一年――今から七年後。その時間が、三澄を女性として成熟させていた。

だが、その表情は現代の三澄も見せないほど心の内を露《あら》わにしていた。今にも泣き出しそうな、迷子になった子供のような表情を、七年後の三澄は浮かべていた。

「――先生」

消え入りそうな声だった。力なく震えているが、それは確かに三澄の声だった。

一石教授は、くぐもったような低い声で笑った。不思議と、聞いている人を安心させるいつもの笑い方だ。

「久しぶり、なのかな」

「はい――」

「そうか」

一石教授は口元に笑みを湛《たた》えたまま目を閉じる。

「なるほど。私が三澄くんと久しく会わなくなる状況は、一つしか浮かばないな。ただ、それは聞かないほうがいいだろうね」

三澄の瞳に涙が膨らみ、頬に流れおちた。

三澄は俯《うつむ》いてしばらくそのまま顔を伏せていた。その間、一石教授はなにも言わず画面を見つめていた。こちら側のカメラ映像の小さなウィンドウには穏やかな表情の一石教授が映っている。

再び顔をあげた三澄は穏やかに微笑んでいた。

「えぇ。聞かれても答えないですよ」

「それでいいよ。三澄くん、仕事の話をしようか」

「もちろん」

一石教授は俺を振り返り、手招きした。

おれは一石教授の隣の椅子《いす》に座り、カメラのほうに身を寄せた。返しの映像に、一石教授と俺が並んで映っている。

「万里部くんが、先生を頼らざるを得ない事態になった。そういうこと？」

三澄の問いにうなずきを返した。

「説明して」

「二階堂さんが、俺と三澄が親密になるのをよく思ってないらしい。第二研究室のアクセス権も二階堂さんに奪われたんだ」

「泰兄が――？　どうしてそんなこと……」

「なにも心当たりはないか？　それこそ、二階堂さんがずっと、三澄を密《ひそ》かに好きだったりとかさ――」

「あり得ない」

画面の中の三澄と、俺の隣にいる一石教授の声がぴたりと重なっていた。

即答と言える速さだった。

「万里部くん、それはあり得ないわ。泰兄が万里部くんのアクセス権を奪ったとしても、目的は別のところにある。わたしへの恋心じゃない。断言するわ」

一石教授も三澄の言葉にうなずいていた。

「なんでそこまで言い切れるんだよ。昨日二階堂さんは俺のバイト先まできてさ、年も立場も関係なく、女性として三澄の事が好きだって言ったんだ。結婚したいから協力してくれって」

「あり得ない」

また二人の声が重なった。

俺は二人の顔を交互に見つめた。

「なんでですか」

一石教授が自分の顎をさすりながら言う。

「それは万里部くんが本人から聞くべき話だな。当人のいないところで第三者が種明かしする類《たぐ》いの話じゃない」

画面の中の三澄がうなずく。

「とにかく、わたしたちの結論は確かよ。それはあり得ない。もう少し詳しく聞かせて。泰兄は他になんて言ってた？」

釈然とはしないものの、今は三澄の段取りに乗っかることにした。

「俺が身を引かないようなら、このリングレーザー通信機の維持費を打ち切るって」

未来の三澄と一石教授が目を見合わせる。

「二階堂くんの言葉じゃないね、それは」

「ですね。それに――」

三澄はそこで言葉を濁した。

「それに、なんだよ三澄」

「改変を目論んでる相手の仮説として、別の世界のわたし自身という可能性も考えていた。無数の可能性の中で、存在がゆらいでいる別の未来のわたし。そういう存在が、自分の世界を守るために接触してきてるって。でも――」

一石教授がうなずく。

「完全に否定はできないね。そういう多元的な時空間の存在検証こそがこの装置の学術的価値だった。そうか、三澄くんにもまだ、それは判断ができないのか」

「できません。検証するには、この装置の影響力が強すぎたんです」

「まぁ、そうだよね」

一石教授が画面から視線をずらし、頭上をぼんやり見つめた。

「世界が終わる、か。つまり並行世界が存在していて、既に確定している未来を覆《くつがえ》そうとしている。世界全体の量子的情報が書き換わり、量子は矛盾を解消しようと、世界中の物性が変化する――いや……？　ちょっとおかしいな……」

画面の中の三澄は、一石教授の姿を眺めながら意味深な笑みを浮かべていた。一石教授の反応を楽しんでいるような、懐《なつ》かしんでいるような、そんな微笑だった。

思考を続ける一石教授に代わって俺が三澄に問いかけた。

「別の三澄という仮説もあったけど、それが変わったのか？」

三澄は視線を俺に向けてうなずいた。

「えぇ。なんていうか――わたしにしてはずんぶん詰めが甘い。アプローチする相手が泰兄というのも最適解じゃないし、そもそも先生の存在を想定していないのがあり得ない」

一石教授は笑った。

「それは過信だよ。私はただの老いぼれだ、紙とペンがなければね」

「ネタは挙がってますよ先生。そちらのタイムスタンプ見えてます。私のプロトタイプを勝手に実装しましたね。本当に先生、性格悪い」

「もうバレちゃったよ、万里部くん、どうしよう」

一石教授は俺を振り返って言った。

画面の中の三澄が笑う。

「今日までまったく知りませんでした。七年も隠しとおせたんですよ、もういいでしょう」

「まぁ、それもそうか」

一石教授は肩をすくめて見せてから画面の前で両手を組みデスクに肘《ひじ》をついた。

「話を戻そう。三澄くんの仮説のとおり、相手が立場の弱い並行世界の三澄くんだったとしても、あるいはもっとシンプルに七年後の三澄くんと同じ世界にいる誰かだったとしても、やはり矛盾が生じる」

「えぇ、そうなんです」

「ちょっと、ちょっと待ってくれ。全然話についていけてない。それの、なにがどう矛盾してるんだ？」

一石教授がぴんと人差し指を立てる。

「二週間という期間、七年後の三澄くんともう一人の人物が現在に干渉しているのに、七年後の三澄くんの世界がまったく揺らいでいない。あの実証実験の結果に照らし合わせれば、これはおかしい」

三澄がうなずく。

「そこから導き出される仮説は一つ。過去を改変しようとしている相手はわたしから見ても未来にいて、わたしの行動も既定事項のうちなのよ。つまりわたしの手の内を過去の事実として知っている」

「まぁ、詳細まで万里部くんが把握しなくてもいいだろう。今度ゆっくり説明するよ。とにかく、相手は七年後よりも更に未来にいる、おそらくね」

一石教授がそう言った。

「わたしが確信していることはもう一つ。泰兄の動きは、本人の意思じゃない」

「本人の意思じゃない？」

そこまで聞いて、俺も思い至った。

「そう。改変側の人間が、泰兄に接触してる。先生？」

「うん？」

「その管理端末で、泰兄の通信ログを見て下さい。たぶん、空っぽです」

「どれ」

一石教授がのんびりした手つきでマウスを操作する。

「うん、ゼロ件だね」

「本来は一件であるべきなんです。万里部くん以外の一石研のメンバーは、起動時にテストメッセージを受信してるから。それも消えてるのは、未来から遠隔でログを消した証拠。わたしが使ってるものと同じプログラムを走らせてる。万里部くん。最後にわたし以外から接触を受けたのっていつだった？」

記憶を辿《たど》る。

「ＨＣＬプロジェクトについて三澄から聞いた日、一週間以上前だ」

「そこから万里部くんに接触なし。最初に三澄翠と関わるなって言ってきた相手が、万里部くんを長々と放置している状況がそもそも不自然。相手は万里部くん以外の人物に接触して目的を果たそうとしてる」

「それが一番、無理のない仮説だね」

一石教授はそう言ってうなずいた。

「今、泰兄はどこにいるの？」

「こっちの三澄と一緒に、なにかの装置の技術説明をしにいった。上場企業が相手とかって」

「まだ時間はあるわね。先生、この映像通信機能のプロトタイプ、管理端末にインストールしたままにできますか？」

「もちろんできる。起動も自動に設定しておいたほうがいいね。網膜認証をした段階で、強制的に映像通信が立ち上がる。三澄くんの考えていることはつまり、そういうことだろう？」

三澄はうなずいてから俺に顔を向けた。

「万里部くん、相手に不意打ちをかけましょう」

「不意打ち……？」

その提案が既に、俺に対する不意打ちだった。

「泰兄は絶対に第二研究室にくる。一人で、たぶん誰もいない時間に。わたしと万里部くんが毎朝接触していたように、相手も自分の思う展開になっているか確認してるはず。相手は映像通信機能の実装を予期してないから、接触の瞬間を押さえればいい。とうとう顔を拝めるわよ」

「張り込みみたいなことをすればいい、のか……？」

「それがいいんじゃない？　正面から挑んで泰兄を制圧できるなら待ち構えててもいいけど」

「無理だよ。タッパが違う」

三澄と一石教授が揃《そろ》ってうなずく。

「方針は決まったね」

一石教授が言った。

「えぇ。これで決着がつくと思います」

一石教授がうなずく。

「世界が終わる、か。今日まで二週間、七年後の三澄くんが過去に接触し続けても、物性変化のような量子の暴走は観測されなかったわけだろう。つまり、三澄くんと万里部くんの関係性の変化が影響する範囲は、それほど広くないんじゃないか」

三澄は微笑んだまま黙っている。

「三澄くん、きみがこの点を見逃していたとは、どうにも思えない」

「どうでしょう。それこそ先生の過信かもしれません」

三澄の意趣返しに一石教授はニヤリと微笑んだ。

「随分大袈裟《おおげさ》な話だと思った。じゃあ三澄くん自身の目的はなんだったんだろうな」

「それは、まだ秘密です」

「深い恋慕、かな」

「どうでしょうか」

二人はそれぞれ笑った。

「先生――お話しできて、とても嬉しかった」

「私もだよ。嫁いだ娘の姿を見られたような気持ちだ」

「お別れは言いません。また」

「あぁ。もはや時間の隔たりという壁は薄らぎつつある。こんな風にまたどこかで、話せるかもしれないね」

三澄は深くうなずいてから、俺に視線を向けた。

「頼んだわよ、万里部くん。世界を守る、最終局面よ」

「できることはやるよ、よく知ってるだろ」

「頼まれごとを放っておけないタチ、よね。よく知ってる」

三澄は最後に深呼吸をして、どこか寂しげな微笑を俺たちに向けた。

「二人ともお元気で。Good Luck」

そこで通信は切れた。

静寂が第二研究室の地下を満たしていく。

一石教授はゆっくり立ち上がった。

「さて、ちと疲れたな。煙草が吸いたくなった。私は第一研究室に戻ってるよ。関係者が多くても話がこじれる」

一石教授は腰をさすりながらそう言った。

「あ、送っていきますよ」

「万里部くんの役目は、ここに貼《は》り付いて二階堂くんを逃さないことだよ。そんなことしてる場合じゃない」

一石教授は笑ってそう言った。

第二研究室の入り口で一石教授を見送って、俺はそのまま一階の仮眠用ソファの死角に隠れることにした。

初めて見た七年後の三澄は美しかった。今も顔の作りはきれいだが、そういう先天的なものだけでなく、ちょっとした仕草にも知性が行き届いているような、不思議な魅力があった。

その三澄が泣いていた。理性が影をひそめ、感情が溢《あふ》れていた。

きっと七年後の世界に一石教授はいないのだろうと、俺でも理解できた。当然一石教授本人も察しただろう。

あと何回、一石教授とゆっくり話す機会があるだろうか。

それに——一石教授がいなくなるとき、三澄は一人で大丈夫だろうか。

そのとき、三澄を支えるのは俺でありたいと、自然と思えていた。

第二研究室の一階の窓はブラインドで遮光されている。漏れてくる微かな光で夜になっていることはわかった。

何度スマートフォンで時計を確認したろうか。画面を見下ろす頻度も高まっていた。

一階の自動ドアが開いたのは二十二時を過ぎたころだった。

半日もこの場所で息をひそめていたことになる。

覗き見ると、やってきたのは二階堂さんではなく三澄だった。

「えっ」

思わず声が漏れた。

これは――マズいんじゃないのか？

今、地下のリングレーザー通信機には一石教授がこっそり持ち出した映像通信機能が実装されている。

未来の三澄は、そのことを知っていたか？

いや――七年間も隠し通した、と言っていたはずだ。つまり三澄はあの未来の三澄となる七年後までは、映像通信機能が今日実装されていたことを知らないはずだ。

まずい、このまま三澄が地下に行って装置を起動してしまうと、決定的矛盾が起きる。

あの実証実験の光景がまた脳裏に浮かんだ。

三澄がロッカーから上着を取り出して袖をとおしながら階段を一段降りた。

「み、三澄！」

なにもプランがないまま叫んだ。三澄が立ち止まって振り返る。よく見ると髪がボサボサだった。仮眠でもとっていたのかもしれない。

「万里部くん？　どうしているの？」

「や、今、あれだ、レーザーユニットのほうの作業を、進めようと思って」

「そうじゃなくて。ここの入館権限なくなってたでしょう。どうやって中に入ったのよ」

「あ、それは、一石教授と一緒に」

「先生と？　なんで先生と万里部くんがここにきたの」

まさか未来の三澄と会話をするため、と言えるわけがない。

「や、その――」

三澄が俺のデスクのほうに歩いてきた。

「組み立て作業に関しては質問なんてないでしょう。設計図どおりに半田付けするだけなんだから」

「あ、そうなんだけどさ」

とにかく、三澄を地下に行かせてはいけない。なんとか今日だけ、一晩だけでも管理端末に近づかせないようにしないといけない。

「仕事はもう終わったのか？」

「とっくに終わったわよ。思ったとおり下らなかった。開発中に十二分に検証したことについてまた聞かれただけ」

「二階堂さんは？」

「泰兄？　一度会社に戻ったみたいだけど。なんでよ」

「いや、別に？」

――どうすればいい。三澄にとって地下での仕事に匹敵するほど大事なことは――一石教授との議論、か？

実証実験の日、まだ一石研にきて日も浅い俺をここに残して、一石研の三人はさっさと第一研究室に行ってしまった。

ほとんど俺の存在を忘れていたかのように。

あの日と同じ流れに持っていけるだろうか。第一研究室には事情を知っている一石教授もいる。彼なら三澄を必要なだけ足止めしてくれるはずだ。

「三澄、なんか一石教授が話があるって――」

「話？　わたしに？　なによ」

「なんか、実証実験の結果から、なんだ、その、一石理論とも呼ぶべき、新しい仮説がどうとか、こうとか――」

三澄の動きがピタリと止まった。

感情のない視線がまっすぐ俺に向けられている。

流石に見え透いていたか。

そう思ったとき、炙《あぶ》り絵のようじんわりと三澄の口元に笑みが浮かんできた。

「なによそれ、とんでもないことじゃない」

「あぁ、だから三澄は第一研究室に――」

「一緒にきなさい万里部くん」

三澄は俺の腕を掴んだ。

「え、いや俺はここで――」

「あなただって一石研のメンバーなんだから。こんなパーティーにこないでどうするのよ」

爛々と目を輝かせながら三澄はそう言って俺の腕を引っ張りながら第二研究室を出た。

別のシチュエーションだったらもう少し嬉しかったかもしれない。

だが今は、大きな焦りと小さな罪悪感を覚えている。

ほとんど小走りの三澄に腕を引かれながら第一研究室にやってきた。今朝のリプレイだ。乗り気ではない散歩に無理矢理連れて行かれる犬はこんな気分だろうか。

「先生」

廊下の奥の部屋に入るなり、三澄が跳ねた声でそう言った。

一石教授が目を丸くする。

「あれぇ」

小さな声でそう言い、俺に目を向けて小首をかしげる。

俺は三澄の背後で両手を揃え、謝罪の意を必死で伝えた。

一石教授は頭をぽりぽりとかきながら笑った。

「なんですか、新しい仮説って。また実証実験をしたんですか」

「新しい、仮説――？」

一石教授が三澄に問い返しながら、ちらりとこちらに視線を向ける。

「万里部くんから聞きました。一石理論と呼ぶべき、新しい仮説が浮かんだって」

「なるほど、一石理論、ね」

そう呟いて、一石教授は机においてあったパイプを手に取り、火を付けて口に咥えた。

しばらく煙をぼんやり見上げたあとで、一石教授は小さくうなずく。

「実は、そうなんだ。新たな実証実験をしたわけじゃない。あのガラス片の物性変化についてずっと考えていた。つまり、写真という形で現在に固定された一分後の量子的情報と、ガラスの物性変化、及び水の温度上昇。これが等価だとすると、なんらかの方程式でつなげられるだろう。量子的情報の消失がああいう形で発露したわけだからさ」

「えぇ、そうですね」

「この方程式があれば、リングレーザー通信機によって知り得る量子的情報の重みを評価することができる」

一石教授は椅子から立ち上がり、ホワイトボードの前に立ってなにやら数式を書き始めた。

どうやら、俺の無茶なパスは無事に一石教授に引き継がれたらしい。

三澄は既に一石教授の書く数式に夢中だ。もちろん、俺にはなんのことやらサッパリわからない。

三澄の横顔を盗み見る。表情は真剣そのものだが、この時間を楽しんでいるのが、俺には不思議とわかる。

七年後の三澄の涙が脳裏に蘇《よみがえ》ってきた。

三澄は本当に、一石教授のことが好きなんだろう。

二人のこの時間はいつまでも続くものじゃない。俺はもうそれを知っている。

「三澄、一石教授。俺、出るよ」

「えっ」

三澄が、立ち上がった俺を見上げる。

「なんでよ。遠慮してるの」

「いや、違う。遠慮なんかじゃない。ただ二人の邪魔をしたくないんだ。この時間がどれほど貴重なものか、俺にはわかる」

三澄が不思議そうに俺を見つめている。

その視線を見つめ返して言った。

「俺も一石研のメンバーだから、わかるんだよ」

一石教授が小さく笑い、すぐにホワイトボードの数式に意識を戻した。

「別に静かにしててくれれば邪魔でもないけど」

「第二研究室の入り口の権限だけ戻しておいてくれ。ちょっとだけ作業していく」

「……いいわ、ちょっと待って」

三澄は帆布のショルダーバッグからノートパソコンを取り出し、キーボードを叩いた。

「戻した。また明日」

三澄はノートパソコンをパタリと閉じて、鞄《かばん》の上に放り投げた。既に意識はホワイトボードの数式に向いているようだ。

俺はその場を離れ、廊下につながる扉に手をかけて振り返った。

椅子に座ってホワイトボードを見上げる三澄の後ろ姿と、その視線の先で青いマーカーを走らせる一石教授。

一石教授は一瞬、俺に視線を向けて小さくうなずいた。

俺も同じようにうなずきを返して、扉を閉めた。

これでもう、第二研究室にくる可能性のある人物は二階堂さんただ一人になった。

第一研究室のあるマンションから出て、第二研究室を見下ろす。

思わぬ展開だったが、想定外の展開は幸い小さなものだった。

三澄に腕を引かれたときと同じように小走りで第二研究室に戻る。入り口の網膜認証は無事に戻っていた。

また一階の物陰に隠れる。

三澄にああ伝えた以上、そろそろレーザーダイオードの交換用ユニットの組み立ても始めないといけない。

そんなことを考えながら、また入り口のほうに視線を向けた。

第二研究室の自動ドアがもう一度開いたのは、日付が変わってすぐの頃だった。

覗き見ると、二階堂さんの後ろ姿が見えた。階段の手前にあるロッカーに電子機器をしまっている。

警戒心もなく、二階堂さんは地下に降りていった。

そのあとを、息を殺して追いかけた。

真っ白な部屋の入り口で聞き耳を立てる。

二階堂さんが椅子に座る音がして、キーボードを叩く音が聞こえてくる。

それから、網膜認証の通知音がした。

「えっ」

最初に聞こえたのは少女の声だった。

第六章　守られた世界

VI

「なんだこれは――」

二階堂さんの戸惑いの声が続く。

それを合図に、俺は端末のほうに駆け出した。

二階堂さんが振り返る。

「万里部くん」

二階堂さんが座っているキャスター付きの椅子《いす》を押しのけるようにして、ディスプレイの前に屈《かが》み込んだ。そこには、はっきりと相手の顔が映し出されていた。

「……三澄？」

そんなはずはない。相手は未来の三澄よりもさらに未来にいると、あの二人は仮説を立てていた。

だが目の前にいる少女は三澄によく似ていて、十七歳の三澄よりも更に幼く見えた。

相手は言葉もなく――だが、さっき三澄が見せたのとよく似た表情を浮かべた。哀しそうで、嬉《うれ》しそうな泣き顔だ。

「万里部くん、これは――どういう状況なんだ」

押しのけた二階堂さんが、崩れた体勢を立て直しながら言った。

「こっちが聞きたいですよ。二階堂さん、未来と連絡とってたんですよね」

二階堂さんが目を細め、俺をじっと見つめる。

俺はその視線を受け止めたまま、画面を指差した。

「これは、誰なんですか。どうして――」

画面に視線を向けた。

少女は一言も発さずに、俺を見つめている。瞳《ひとみ》に膨らんだ涙が、静かに頬を流れた。

泣き方まで三澄にそっくりだった。

「きみは、誰なんだ？」

――三澄翠と関わるな。

この子が送ってきたその怪文書がすべての始まりだった。

三澄とよく似た少女はなにも答えようとしない。

「わからないかい？」

俺の背後から二階堂さんが言った。

振り返ると、二階堂さんは既に落ち着きを取り戻していつもの微笑に戻っていた。

「自分のことは意外とわからないのかな。他人から見れば明らかだけどね」

「なにが、ですか？」

二階堂さんは俺の額のあたりを指差した。

「万里部くんの眉《まゆ》の形、それに目も、かな。画面の子にそっくりだよ。口元は――お母さん似なのかな」

画面下部の小さなウィンドウに表示されている自分の顔。それに、中央に表示されている少女。

二階堂さんの言うとおりだった。

目と眉は、画面に映る俺のそれによく似ている。

口元は、アップルパイを小さくかじる三澄の口にそっくりだ。

「きみは俺の――俺たちの、娘なのか」

こくり、と少女はうなずいた。

「どうして泣いている？　どうしてこんなこと――だって、三澄翠と関わるなって――」

「僕から説明していいかな」

二階堂さんは俺にそう言ったあと、画面の子に微笑《ほほえ》みかけた。

「きみも、いいかい？　僕から万里部くんに説明して」

また少女はうなずいた。

俺はデスクに乗り出していた上体を起こし、二階堂さんと向かい合うように座った。

「万里部くんの言うとおり、彼女は僕宛《あて》にメッセージを送ってきた。――翠と万里部くんを助けたい、という一文だった」

「助けたい？」

二階堂さんは微笑を消してうなずいた。

「今から二十年後、二人は不慮の事故で命を落とす。ハイジャックされる飛行機に乗り合わせることになるらしい」

「二十年後……？　ハイジャック……？」

画面に目を向ける。

「きみは――その過去を変えたくて俺に接触してきたのか」

「……ごめんなさい」

震える声で、彼女はそう言った。

二階堂さんの説明が続く。

「リングレーザー通信機が実際に未来と通信できていることを僕は知っている。いたずらだとは思わなかったし、なにより彼女の話は作り話にしては細部の解像度が高すぎた。タヒチから週に一度飛ぶイースター島への直行便で、事件は起きるそうだ。その旅行は、二人が出会った頃に約束した特別な旅行だったそうだよ」

イースター島。その名称から、既視感のある像が浮かんだ。

三澄の部屋にあったモアイ像だ。

確かに、イースター島に旅行する可能性がないとは言えない。

「二人の命を助けるために、一時的にでも仲を引き裂いて欲しい。要約するとそういうことだった。それで二人の命が助かるなら悪役くらい喜んで引き受けようと思ったんだけど、どうも事態はそれだけで済まないみたいだね」

「本当に俺の娘なら、両親の出会いをなかったことにしようとしてるってことですよね。そうしたら――」

二階堂さんがうなずく。

「彼女自身の存在も危うくなるだろうね。それに関しては僕も今知ったんだ。やりとりはテキストだけだったし、なにより彼女は、二十年後の僕自身だと名乗っていた。……まぁこれに関してはかなり疑わしいと思ってはいたけど」

二階堂さんは画面の少女に視線を向けた。

「僕たちはきみのことを、なんて呼べばいいかな」

二階堂さんが問いかけると、少女はビクリと肩を跳ねさせ、おそるおそる答えた。

「ひかり、です」

「ひかりさん、だね。Light のひかり、漢字一文字かな。翠らしいね。苗字《みょうじ》は三澄——じゃなくて、万里部かな」

光と名乗った少女——俺と三澄の娘がうなずく。

「光さん。経緯はどうあれ今、僕と万里部くんはきみの正体を知った。きみの目的が達成されると、万里部くんと翠が助かるかわりにきみの存在が危うくなることを知ってしまった。もうきみの手伝いはできない」

「そんな……」

「きみが話すべきは僕じゃなくて、万里部くんだ。あとは彼に任せる。僕の立場は明らかにしたよ。万里部くん、きみも彼女に聞きたいことがあるんじゃないのか」

二階堂さんはそう言って、画面から身を離した。

俺を振り返り、画面の前に促す二階堂さんの顔には、ようやく彼らしい余裕のある笑みが戻っていた。もしかしたら二階堂さんは嘘《うそ》をつくのが得意ではないのかもしれない。

俺は端末の前に座った。

画面と向かい合い、改めて光と名乗った少女を見つめる。彼女は揺れる視線を俺に向けていた。

「本当に——俺の娘なんだな」

光はうなずいた。

「ごめんなさい、お父さん、ごめんなさい――」

「今、いくつなんだ」

光は鼻をすすってから静かに答えた。

「十三歳」

彼女の呼吸に合わせて、線の細い体が微《かす》かに動いている。なにかを堪《こら》えるように一点を見つめる光の姿が、寂しげに仕送りのダンボールを見下ろしていた三澄の姿に重なった。

自分と三澄の血がかよった少女をしばらく見つめる。

「……俺はきみにとって、どんな父親だった？」

光が顔をあげる。戸惑いの色が浮かんでいた。

「どんな……」

目を伏せてしばらく考えてから、光はぽつりぽつりと答えた。

「朝、うがいしないと怒られた。机の上に物があっても怒られたし、食べるときは口閉じろとか、鞄《かばん》を椅子《いす》に置くなとか、いつも文句言ってた」

「あぁ」

思わず薄い笑いが口から漏れた。俺は成長していないんだな。

「細かくて口うるさい。でも、休みの日はいつもご飯を作ってくれた。お母さんが食べたいって言ったものを必ず作ってた。それから――」

光は伏せていた目を俺に向けて微笑んだ。

「お母さんのご飯を食べる姿が好きだって、照れながら言ってた」

思わず笑みがこぼれた。

「だから三澄の印象なんて聞いてきたんだな」

光がうなずく。

匿名《とくめい》の怪文書の主が最後に接触してきたとき、俺は似たようなことを答えた。

光はあのとき、既に俺が三澄に惹《ひ》かれ始めていると気がついたんだ。

本人たちすら無自覚のほんの小さな恋の芽吹きに誰よりも早く気付いたのが、未来の娘だったわけだ。

そして彼女は、その芽を摘み取ろうとした。

自分の存在を否定することにつながると知りながら、俺と三澄を助けるために。

光はまだ微笑みを俺に向けていた。その笑顔を見たときに、初めて知る感情が自分の中に湧《わ》き上がってきた。友人に感じる好意とも違う、三澄に感じ始めている好意とも違う――目の前にいるこの少女の幸せを守りたいという、決意に似たような想《おも》いだった。

「今きみは、一人なのか？」

少女は首を振った。

「おじいちゃんのところにいる。おばあちゃんも会いにきてくれるし、伯母さんも」

三澄の父親と、俺の母親だ。伯母さんは、三澄のお姉さんか。

「みんな優しいけど、わたしがいないところではいつも泣いてる。わたしもそう。だから――」

「間違ってるよ、光。きみは間違ってる」

「わかってる、わかってるんだよ。でも、見つけちゃったの。過去に連絡できる――過去を変えられる装置があるって」

そこで違和感を覚えた。

二階堂さんに目を向ける。

二階堂さんも訝《いぶか》しげな表情を浮かべていた。

「光、それはどういうことだ。どこでこの装置のことを知った？　お父さんとお母さんは、生きてるときにこの装置の話をきみに伝えたのか？」

光は首を振った。

「お母さんの部屋に残ってた古いパソコンを見た」

古いパソコン？

そこにリングレーザー通信機の詳細と、ログの消去方法を残していた？

三澄が――たとえ、不意に命を失ったとしても、そんなヘマをするわけがない。

俺も二階堂さんも同じことを考えていた。

二人の視線がかち合う。

初めて、俺と二階堂さんが同じ種類の笑みを浮かべた。

俺は画面に視線を戻した。

「光」

呼びかけると、光は伏せていた目を上げた。

「俺はな――父さんは、今日までずっと、親になるのが怖かったんだ」

画面の中の少女は不思議そうに俺を見ている。

「いい親になれる自信がなかった。子供に愛される父親になれる気がしなかったし、自分の血を遺《のこ》したくないと思ってたんだ。光には、おじいちゃんが一人しかいないはずだ、そうだろ？」

光がうなずく。

「でも今――たった今きみが、俺を変えてくれた」

その言葉に偽りはなかった。不思議なものだ。光の声や表情の一つ一つが、俺の中のなにかを奮い立たせてくる。

「光。俺はきみの父親になりたい。親として、きみが生まれてくるのをこの世界で待っていたい。だからきみも俺と三澄を――お父さんとお母さんを信じて、もう少しだけ待ってくれ」

「待つ……？　どういうこと、お父さん」

「きみのお父さんは、残念ながら人一倍細かいだけの神経質な男に過ぎないけど――」

自嘲《じちょう》してから、光の目をまっすぐ見つめる。

「お母さんは本物の天才だ。三澄翠が、きみをこんなに悲しませたままで終わるわけがない。自分の存在を犠牲にしてまで俺たちを助けようとしてくれたきみを、悲しませたまま終わるわけがないんだ」

光は呆然《ぼうぜん》と俺を見つめている。

俺は光に微笑みかけた。

「光、しばらくのお別れだ。話せて楽しかった」

「えっ」

光の顔に戸惑いの色が浮かぶ。

「でも――」

光が消え入りそうな声で言った。

「必ず会いに行くよ。お母さんと二人できみに会いに行く。約束する」

光はしばらく俺を見つめてから、やがて静かにうなずいた。

「おばあちゃんが食卓で化粧したり、外出した服のままベッドに座ろうとしたら、俺のかわりに怒っといてくれ」

　光が少し笑った。

「わかった」

「またな、光」

「うん、また――」

　後ろ髪を引かれながら俺は、未来の娘との通話を切った。

　画面が暗くなったあとも、少しの間動けなかった。

　彼女は一人で、どれほど苦しんだろう。どれほどの葛藤《かっとう》があり、どれほどの恐怖を乗り越えて俺に連絡をしてきただろう。

　自分の身を引き裂かれるほうがマシだと思えるほどに、心が痛んだ。

「二階堂さん」

「うん？」

「あの子を助けたい。手伝ってほしいです」

　二階堂さんは俺をしばらく見つめてからうなずいた。

「もともと、翠と万里部くんを助けるつもりで動いていたんだ。むしろ話をややこしくしたかもしれない。許してもらえるかな」

「許すもなにもない。俺がお礼を言わなくちゃいけないですよ」

二階堂さんは優雅に自嘲の笑みを浮かべてから続けた。

「きみを見誤っていたかもしれない。経営者失格だな、僕は」

二階堂さんは深い吐息で表情を切り替えた。

「僕たちには二十年という猶予《ゆうよ》がある。翠が残した古いパソコンは、明らかに誰かの企《たく》みによって、恣意《しい》的に残されたものだろう。さてそれは誰か――」

「俺たちと三澄、ですよね」

「たぶんね」

「俺は今日まで、未来の三澄と接触してました。彼女は過去の改変を防ぐために連絡してきていた」

二階堂さんがうなずく。

「未来の三澄を信じるなら、少なくとも現代の三澄はなにも知らないはずです」

「未来の人間をどこまで信じるかは議論の余地があるけど――そうだね。そうするのがベストだと僕も思う。この件は翠には知らせずに進めよう」

「現代の三澄には、ですね。未来の三澄には協力してもらう必要がある」

二階堂さんがうなずく。

「タヒチは、フランス領か。二十年後、二〇四四年。まぁ、政治体制なんかは変わってないだろうな。二十年後のハイジャックがどういう性質の犯罪なのかはまだわからないが、動向を追って抑え込むことはできるかな。なにしろこっちは既に、それが起こることを知っているからね。それも、週に一度しかないイースター島への直行便で」

「でも、防ぐだけじゃダメです。光には、その事故で俺と三澄が死んだと思わせないといけない。光が俺たちの死を知って悲しむことまでがもう確定した未来なんです」

「そこに矛盾があると、あの実証実験のようなことが光さんに起こる。人体の七割は水、か……」

　二階堂さんの呟《つぶや》きにうなずきを返す。

「だけど、俺と三澄の死が確定しているわけじゃない。光がそう信じて過去に連絡をとってくればいいんです」

「ハイジャックは防ぎ、だが起こったものとして遠い日本にまで伝える、か。実際に落とすのが一番確実だろうね。飛行機が最低一機は必要だ」

　俺は密《ひそ》かに息を呑《の》んだ。二階堂さんは少し考えてから俺に微笑みを向けた。

「マイナーな航路だ。ジャンボジェット機ではないだろう。心配しなくていい。この場所の維持費に比べれば誤差みたいな出費だよ。タヒチからの直行便というのもいいね。小規模の工作で世界を欺《だま》せる。今から航空会社の買収を進めておこう。そうすれば最低限の漏洩《ろうえい》リスクで、パイロットの犠牲も防げる。というか二十年も準備期間があるんだから、犠牲者を出すつもりはない」

「漏洩リスクは、きっと関係者が増えるほど高まりますよね」

「もちろん、そうなる」

「俺にやらせてもらえませんか」

二階堂さんが小首をかしげる。

「それは、僕の会社に入って、ということかい？」

「はい」

「確か、広告代理店の大手から内定をもらってるって聞いたけど。一部上場企業だろ」

うなずく。

「僕が言うのもなんだけどさ、勢いがあってもうちは新興だ。なんの保証もないベンチャーだよ。しかもまったく金を生まない巨大なコストセンターを抱えてる。もちろんこのリングレーザー通信機のことだけどね」

確かに、当面お金は生まなそうではある。だからといって止めることはできないし、手放すこともできない。よく考えれば厄介な装置だ。

「だから、大人としてはおすすめの進路とは言えない。経営者として一応、それは伝えておくけど」

「でも、光のためになにかしたいんです。あの子を救うために動きたい。自分がやるべきだと思うことに初めて出会えた。無給でもいいです。休みもいらない」

二階堂さんが微笑む。

「そう言ってくれる学生は多い。けど万里部くん、そういうわけにはいかないのが社会だよ。最初から対価に見合う働きをするつもりできてくれないと困る。タダなら戦力外でいいだろうというのは子供の甘えだ」

「……すみません」

二階堂さんは薄く笑った。

「こういう指導をしていく。容赦はしない。たぶん、今の内定先に進んだほうが休みは多いよ。それでもいいなら、歓迎する」

二階堂さんは椅子から立ち上がった。

俺も椅子から立ち上がって言った。

「お願いします」

「男子三日会わざれば、か。レストランで会ったときとは別人じゃないか、万里部くん。期待してるよ。航空会社の友好的買収を済ませたら幹部クラスの人間を送り込むことになる。最速で出世すれば、まぁ間に合うかな。でものんびりしてる時間はない。傘下《さんか》にしてから内部工作も必要だからね」

望むところだ。

光の顔が頭に浮かんだ。最後に見せた笑顔だ。

「ところで――」

二階堂さんが含みのある笑みを俺に向ける。

「万里部くんには早速、大きな仕事があるんじゃないか。失敗は許されない重要な交渉案件だ。なにせ、僕たち二人は光さんを見てしまった。もしも万里部くんが翠に愛想を尽かされたら、僕たちは二人ともおしまいだ。いや、世界の危機と言えるのかな」

「……そうだ、それは、そうですね」

「フラれたら死、エクストリーム告白だね」

なんという事態だ。

いきなり不安しか感じない局面になった。

「ある意味入社試験だ。健闘を祈る、若者よ。あとのことはいくらでもフォローできるが、ここは万里部くんに任せるしかない。それから、これは万里部くんに返しておかないとね」

そう言って二階堂さんは上着の胸ポケットから見慣れた鍵《かぎ》を取り出して俺の手に握らせた。三澄の部屋の鍵だ。

「きみの仕事にはこれが必要だろう」

「ありがとうございます。でもあいつ寝るとき、鍵閉めないんですよ」

二階堂さんは俺の言葉に笑って、楽しげな足取りで階段を上がっていった。

第二研究室の前で二階堂さんと別れた。駅前に人の姿はなかった。電車はもう走っていない。タクシーで帰るとなると手痛い出費だ。

空気が冷たい。風はなかった。

長い一日だった。

駅前のバーガーショップが視界に入る。あの窓際《ぎわ》の席から三澄と二階堂さんの姿を眺めていたのが今朝の出来事だ。信じがたい。

時間の隔たりという壁は薄らいでいる。一石教授は未来の三澄にそう言った。

確かに俺は今日、三つの時間軸にいる三人の少女と会話した——未来の三澄は今の俺より少し年上だが。

この一日を長く感じているのは気のせいではなく、本当に時間の進みが人とは違っていたのかもしれない。

確か、アインシュタインは自らの相対論の本質をそんな風に説明していた。

明日、ここにくる俺には確かな使命がある。

低血圧で、頭の回っていない三澄をあの混沌《こんとん》とした部屋で起こして、俺の気持ちを伝える。

第一研究室のほうを見上げると、五階からはまだ灯りが漏れていた。一石教授はまたパイプを吹かしているのだろうか。

きっと二人は、二人にしかわからない高度な議論に花を咲かせているだろう。

その時間を邪魔する気にはなれなかった。

三澄にとって、一石教授との時間がどれほど大切か。

その限りある時間が、どれほど貴重なものか、俺は知ってしまった。

俺は三澄のアラーム役だ。

また朝に出直せばいい。


エレベーターを七階で降りて、目の前の七〇三号室のインターホンを押す。

返事はない。不思議と嬉しくなった。三澄は今日も寝ている。

廊下はだいぶきれいになった。もう上履きは必要ない。部屋全体としては依然、混沌のままだが。

奥から心地良さそうな寝息が聞こえてくる。

今日の三澄はしっかりと安眠しているようだ。

音を立てないように部屋を進み、三澄の枕元《まくらもと》にしゃがみ込む。

そう言えば、しっかり寝顔を見るのは初めてだった。

相変わらず顔は嫌味なほど整っているが、長い髪の毛はあちこちデタラメに乱れている。どうやって寝付いたらロングヘアがここまで暴れ回るのか逆に不思議だ。うっすら開いている口からは一定のリズムで吐息が聞こえてくる。

誰かが起こしにくるとわかっていて、よくもまあここまで無防備に寝られるものだ。

顔にかかっている前髪をかき分けようと手を伸ばし、思いとどまって、人差し指で頬をつついた。

三澄が顔をしかめる。人差し指をそのままにしていると、やがて三澄がゆっくりと目を開けた。

「なにしてるの」

「アラーム役の仕事だ」

三澄は不快そうに何度かまばたきをした。顔を動かさずに視線だけを、自分の頬を凹ませている俺の人差し指に向ける。無言のまましばらくそうしてから、もう一度視線を俺に向けた。

「この指はなに」

「人差し指」

「知ってるわよ。そういうこと聞いてるんじゃないわよ」

三澄の手が伸びてきて俺の人差し指を握って頬から外し、もう一度目を閉じた。

俺の指は三澄に握られたままだった。

「なんでまた寝るんだよ」

「眠いから」

本当にまた寝息が聞こえ始めた。

三澄に握られている自分の指を見下ろした。指先に力を入れると、三澄の手が優しく握り返してきた。細く長い指だった。ピアニストのようだ。爪《つめ》は短く切りそろえられている。

「起きろ。遅刻すると国が滅ぶんだろ」

「なにそれ。そんなわけないじゃない」

三澄は寝息のような呼吸を続けてからまた口を開いた。

「心拍数が上がってるわよ」

「心拍数？」

「他人の指を握ってると脈がわかるのね、知らなかった」

「不本意だ、離せ」

「断るわ」

「なんでだよ」

「意外に落ちつくから」

三澄は言葉どおり俺の指を握り続けた。

「九時過ぎだぞ、落ちついてる場合じゃない」

「九時過ぎ？　朝ご飯は？」

「今日はこれだ」

駅前で買ってきたバーガーショップの袋を掲げる。

三澄は薄く目を開けた。

「そうなの」

「俺のほうが寝坊して、準備する時間がなかった」

「万里部くんが寝坊？　珍しいじゃない」

「重大な考えごとがあってな」

「へぇ。なによそれ」

「あとで話す」

三澄は諦《あきら》めたようにため息をつき、俺の指から手を離してもぞもぞと起き上がった。ヨレヨレのTシャツのまま両腕を広げ、全然気持ち良くなさそうに伸びをする。

アップルパイを二つ取り出して三澄に手渡した。

「……ありがと」

「先にうがいしろよ。寝起きの口の中は雑菌の温床だぞ」

「うるさい」

三澄は短いため息をつき、躊躇《ちゅうちょ》なくアップルパイをかじった。無気力のまま咀嚼《そしゃく》する。

「やれやれ……」

今日はアップルパイを三つ買ってきた。俺も自分の分のアップルパイを手に取り、同じようにかじった。

三澄は自分のかじったアップルパイをじっと見下ろしている。

「……これって、こんな味だったっけ」

「ずっとこんな味だ」

良くも悪くも変わらない。それが世界最大チェーンの安心感だ。

「もうちょっと美味しかった気がしたけど……」

三澄はそう言ってもう一口かじった。

「不幸の始まりだな。三澄の舌が肥えたのかもしれない」

「困ったわね」

実に困ってなさそうに、三澄はそう言った。

アップルパイを食べ終え、身支度をして家を出る。

「ちゃんと鍵閉めろよ」

「わかってるわよ」

まだ眠そうな三澄が不満げに言った。

しばらく無言で駅のほうに歩いていると、三澄が口を開いた。

「次アップルパイを買ってくるときは、一個でいいわ」

俺は笑ってうなずいた。

三澄は不審げに、俺の笑う姿を眺めていた。

「なんだか楽しそうね。昨日はこの世の終わりみたいな顔してたのに」

「あぁ、楽しいよ。この時間が一番楽しい」

「やっぱ変よ万里部くん。月並みだけど、熱でもあるんじゃないの」

「いや、平熱だよ」

ただ単に、少し緊張しているだけだ。

なにせこっちはこれから、自分の命を賭《か》けたエクストリーム告白をしようとしているんだ。

「泰兄とは、仲直りできたの？」

「仲直り？」

「なんか揉《も》めてたんでしょう。少し聞いた。タクシーの中で」

「あぁ、仲直りしたよ。学部を卒業したら二階堂さんの会社で働かせてもらうことになった」

三澄が立ち止まる。

「なによそれ。なにがどうなって、そういう話になったのよ」

「俺のやるべきことが二階堂さんの会社にあるからだ。それに一石研とも関わっていられる。来年もアラーム役ができるし、ＨＣＬプロジェクトが長期化しても付き合えるぞ」

三澄はいよいよ不信感を強め、疑い深い視線を俺に向けていた。

「三澄」

「なによ」

「会議の前に、少しだけいいか？」

「いいってなにが」

「話があるんだ」

初めて一石研にきた日以来だった。

古びたマンションの屋上。

大きなボートのような不思議な形の屋上に、二週間ぶりに立った。今日もよく晴れている。ぼんやりとした薄い雲が流れていた。

初めてここに二人できたときと立場が逆になり、今日は俺が先を歩いた。三澄があとからついてくる。

「二週間前だよな、三澄と初めて会ったの」

「そうね」

「覚えてるか。三澄はあの日、あなたみたいな人間が一番嫌いって言ってた」

三澄は黙ったまま俺を見つめてから、やがて小さく笑った。

「そうだったっけ。忘れた」

「俺はよく覚えてる。というか、一生忘れないな、たぶん」

「……忘れていいのに」

三澄は恨めしげに呟いた。

「俺も同じようなことを思った。絶対に仲良くなれないタイプだろうと思ったし――事実、そのとおりだった」

「ふぅん」

「部屋は信じられないほど汚いし、部屋着には清潔感という概念がそもそもないし――」

「なによ、喧嘩《けんか》売りたいわけ」

「いや、違う。許せないほどズボラな部分ばっかり見せられたのに、この二週間、楽しかったんだ」

三澄はなにも言わなかった。ただ真顔で俺を見つめている。

「自分でも信じられないほど楽しかった。二階堂さんにアラーム役を替わってみて、どうにかなりそうなほど、悔しかった」

「万里部くんが勝手に決めたんじゃない。わたしは昨日だって――万里部くんがくると思ってたのに」

「話っていうのは、つまりさ――」

一晩悩んだが結局、ドラマや映画のような格好いい決め台詞《ぜりふ》は浮かんでこなかった。

「毎朝、三澄を起こすのは俺でありたいんだ。隣を歩いて、第一研究室に向かう三澄を見送りたい」

「いつまで？　一生？」

三澄が意地の悪そうな笑みを口元に浮かべる。

「あぁ、一生だ」

その答えは三澄にとっても予想外だったらしい。

ほんの一瞬、目を見開いたが、すぐにムスッとした真顔に戻った。

だが、長い髪の奥に見えている耳の先だけが赤くなっていた。

ＨＣＬプロジェクトのことで黙り込んだときと同じだ。

「……わたしは十七歳だし、そもそもまだ出会って二週間だし、正直呆《あき》れてる」

「あぁ」

俺だって、この部分だけ聞かされたら同じように思っただろう。

「でも——とてつもなく意外だけど、嫌な気はしてない。万里部くんの気持ちはわからなくない。わたしも、あなたが起こしにこなかったときは寂しい気がした。ついでに言うと、今日の朝ご飯が手料理じゃなかったことはまだ許してないわ」

「悪かったよ。じゃあ、昼飯を作って待ってる。それでどうだ」

「……悪くない」

そう言って三澄は微笑んだ。

「これで万里部くんの話の答えになってる？　万里部くんとの時間はわたしも楽しい。これからあなたが隣にいてくれるＨＣＬプロジェクトも、きっと楽しいだろうなと思ってる。……この答えで、今は満足してくれる？」

「あぁ、充分だよ」

「そろそろ行くわ」

うなずきを返すと、三澄はぎこちなく手を振って、踵《きびす》を返して歩き出した。その背中に呼びかける。

「三澄」

立ち止まった三澄が不思議そうに振り返った。

「なに？」

「Good Luck」

三澄が不審げに眉をよせる。

「なによそれ」

「別れ際のエールだ」

三澄はゆっくりとまばたきをしてから言った。

「考え直したほうがいいわよ。全然格好良くないから」

「そのうち三澄も気に入ると思うぞ」

三澄は薄く笑った。

「断言する。あり得ないわ」

そう言って建物の中に戻っていった。

一人になってから、自分のてのひらを見下ろす。意のままに開いたり閉じたりする、いつもの自分の両手だ。

どうやら、俺の体内の量子は暴走していない。

エクストリーム告白は、ひとまず失敗ではなかったらしい。


その足で、第二研究室に向かった。

最後の報告だ。

未来の三澄に託されたことは果たした。

それはこの二週間で俺自身が望む未来像としっかり重なり、頼まれごとではなく、自分自身の願いとなっていた。

入り口の網膜認証をパスして電子機器をロッカーに入れた。フリース生地の上着を羽織り地下に降りる。

真っ白な地下室に、眩《まばゆ》い無数のレーザー光線。

リングレーザー通信機は今日も稼働し続けている。

自分のアカウントに入ると七年後、二〇三一年からメッセージが届いていた。

それをクリックすると、映像通信の認証画面が表示された。

Accept のボタンをクリックする。

七年後のこの場所にいる三澄の姿がディスプレイに映し出された。

三澄は優しげな微笑みを浮かべている。

「お疲れさま。うまくやってくれたのよね。さすがは万里部くん」

「まだこれからだ。三澄に頼みたいことがある——怪文書の相手の正体は——」

「えぇ。聞いたわ。これからなにをすべきかも」

「え？」

「監視システムに開封されない、暗号化処理をしたメッセージを万里部くんに送るように設定しておけばいいんでしょう。日付はもちろん、万里部くんが初めて怪文書を受け取った日。これで今回の一連の出来事のループが閉じてつながる」

「……誰から聞いたんだ」

「替わろうかしらね」

そう言って画面の中の三澄は椅子に座ったまま画面外にいなくなった。どうやら七年後も、このキャスター付きの椅子が使われているらしい。

そして、カメラの前に男の人が現れた。

今回は見間違えようがない。

それは七年後の俺自身だった。

「はじめまして」

画面の中の俺が言った。

「こちらこそ。はじめまして」

「濃い二週間だったろう」

「あぁ、二、三歳老《ふ》けた気がするよ」

そう答えると、画面の中の俺が笑った。

「安心していいぞ。二階堂さんの会社で働き始めれば、その二週間が暇でしょうがなかったと思えるようになる。学生時代の燦《きら》めく思い出だよ。俺たちの宝だな」

「他人事だな。こっちは今、人生で初めて好きな人に告白ってやつをしたばかりなんだ」

　画面の外から、あらっ、という三澄の声が聞こえた。その声が続けた。

「あの告白、悪くなかったわよ。及第点」

　画面の中の俺がニヤリと笑った。

「だ、そうだ。よかったな」

「あんたは知ってたんだろ」

「もちろん。でも、万里部鉱くん。七年前のきみがいたから、今の俺たちの幸せな日々がある。感謝してるよ。きみが勇気を出してくれたおかげだ。ありがとう」

「お礼を言われる筋合いはない。俺は――光のために勇気を出したんだ」

「もちろんわかってるさ」

「順調なんだろうな」

「なにも心配いらない。もううちの傘下の航空会社がタヒチに航路を持っている。翠にもさっき全部伝えたよ」

「大丈夫なんだな」

「翠が不正通信に気が付いたのは今日の午前中だ。ついさっきまで、彼女はその不正通信がどうやって監視システムをくぐり抜けたのか解析していた。そのプロセスを全て把握している彼女が、今度は解析から逃げ切るプログラムを書く。自分と自分の鬼ごっこだ。勝率は一〇〇パーセントだよ」

　画面の外から三澄の笑い声が聞こえた。

「光の手元に残すノートパソコンからは、送信先のタイムスタンプをどう入力しても、俺たちが初めてメッセージを受け取った日付になるように固定しておく。これこそが、光の一通目があの日に届いた明確な理由になる」

　画面の中の俺は、俺に微笑みかけてきた。自分の微笑を眺めるのは妙な気分だ。

「あとのことは大人に任せてくれ。今はきみの前にいる三澄にきみなりの愛情を注げばいい。全部うまくいくさ。もちろん、危機は何回かあったけどね」

　さらりととんでもないことを言いやがる。

　画面外の三澄も笑っていた。

「じゃあこれで、バトンはそっちに渡せたんだな。切るぞ」

「あぁ。このあと昼飯を作ってあげるんだろ。おすすめはハヤシライスだ。オムレツつきの」

「参考にする」

「じゃあね、万里部くん。Good Luck」

　画面の端から三澄が顔を出してひらひらと手を振る。

　別れ際のエールに、俺は笑った。画面の中の俺も笑っている。

七年後の俺と三澄は、なんだか呑気《のんき》な二人だ。

いつか俺たちも、こんな関係性になれるといい。

そう思って、俺は通話を終了させた。


「あんなに可《か》愛《わい》かったかな。大学時代の鉱って」

翠は含みのある笑みを俺に向けてそう言った。

「二十二歳の小僧だぞ。よくやったほうだよ」

そう答えて、俺は端末からログアウトした。

第二研究室では今も、リングレーザーが発光し続けている。

七年間、二階堂さんはこの装置の維持費を稼ぎ続けた。

微力ながら、俺も会社の利益に貢献している。

学生時代の最後の夏休みから二階堂さんにしっかりしごかれたおかげか、若手の中でも仕事を覚えるのは早かったほうだ。もちろん、上には上がいるが。

「でも、結局タイミングが悪いのは変わってない。ねぇ、予定日、明日よ？　よく今日の今日まで黙ってられたわね。妊婦をいたわろうとは考えなかったの？」

翠は椅子に座ったまま、大きく膨らんだ自分のお腹をさすった。

「監視システムが完成するまで話せなかったんだよ。七年前、一石教授と話すまで翠はなにも知らなそうだったし。それに、この話をしないと名前決めさせてくれなかっただろ」

「そうだけど。説得すればよかったのよ、わたしを。漢字一文字でひかり、わたしだって好きよ、結構」

「三澄翠を、説得ねぇ。出産予定日の前日に、こんなアップデート作業をするような相手を、ねぇ……」

　監視システムが実装されたのは、今日の午前中だった。翠は、俺たちの関係を変えようとする不正通信の存在に気付いた。すぐに過去の俺と接触を取り、監視システムの強化に着手したらしい。

　七年前の俺が必死で過ごしたあの二週間は、翠にとってはほんの数十分のできごとだった。テキストでやりとりしていたときも、一石教授と映像通信していたときも、翠のお腹の中には光がいた。役者は揃《そろ》っていたわけだ。

　翠から連絡を受けた俺は、すぐに翠の作業を止めさせて、七年前のことを全《すべ》て話した。放っておいたらあっという間に監視システムを強化して、光からの連絡を阻止してしまいそうだったからだ。

　俺は翠の前にしゃがみこんで、お腹の上で彼女の手の甲に自分のてのひらを重ねた。

「待ちわびたぞー、早く出てきてくれよー」

翠のお腹に囁《ささや》くと、翠が俺の頭をはたいた。

「本当に今出てきたらどうするのよ。わたしが困る」

「わかるもんかな」

「わたしの娘よ？　簡単な日本語はマスターしてから生まれてくるわよ、きっと」

「仏陀《ぶっだ》じゃあるまいし……」

翠が穏やかに微笑み、自分のお腹を見下ろす。

「今日から入院だろ。病院まで送ってくよ。タクシーをつかまえよう」

第二研究室を出て流しのタクシーを止めた。田端は七年経《た》ってもそれほど様変わりはしなかった。あのバーガーショップもまだ道路を挟んだ真向かいにある。もうずいぶん行っていないが。

後部座席に翠と並んで座る。運転手に病院の場所を伝え、車が走り出した。

「今日も遅いの？」

「このあと二階堂さんとご飯食べてくる。ひとまず過去との接触が完了したことを伝えたいし」

「そう。千嶋くんのお店？」

「都内でピッツァを食べるなら、あいつのところが一番うまいんだ」

「二人によろしくね」

「あぁ。明日の朝、家から必要なもの持ってくよ。テニスボールとか、あったほうがいいんだろ？」

翠が呆れたようなため息をつく。

「何年前の話よ。今は予定時間に眠って、目覚めたら生まれてる。テニスボールなんていらないわよ」

「冗談だ、わかってるよ」


ピッツェリア・サウザンドアイランド。

まったくもって、千嶋らしい安直な名前だ。店名の由来を聞かれ、悪意のない質問をした常連のマダムの笑顔を凍り付かせている場面に何度か立ち合ったこともある。

ロケーションは自由が丘の閑静な住宅街の一角。駅から遠い分、静かに落ちついて食事ができる。

流木を切り抜いた花壇で飾られたガラス張りの軒先から店内を覗《のぞ》きこむ。

もう二階堂さんは席に着いていた。

ガラス戸を開ける。

正方形に近い店内の奥の面にオープンキッチンがあり、左右の壁沿いにテーブル席が配置されている。

二階堂さんは右手奥の壁沿いのソファー席に座っていた。

ホールスタッフが一人でもまわせる、贅沢《ぜいたく》で強気な配置だった。

二階堂さんと二人で会うときは貸し切りにしてもらってホールスタッフもいない。

千嶋が料理をしながら運んでくれるので少し時間はかかるが、誰かに会話を聞かれる心配がないので助かっている。

「お、らっしゃい、まいど！」

キッチンの奥から千嶋が顔を出す。

「こんなにオシャレな店なのにシェフのノリが八百屋なのはなんでなんだ」

「これが聞きたくていつも貸し切りにしてくれてんだろ」

「んなわけあるか」

千嶋は笑いながらキッチンの奥に消えていった。

いつの間にか小洒落た髭《ひげ》を蓄えたりしていやがる。

それもなかなか様になっているのが妙に腹立たしい。

二階堂さんは俺たちのやり取りを眺めて笑っていた。頭を下げながら、二階堂さんの前の席に座る。

「すみません、お待たせして」

「いや、こちらこそ。大丈夫なの、出産前日に会食なんてしてて」

「このあとすぐ戻ります。それに、娘のための大切な会議ですから」

「うん、確かにね」

千嶋が運んできてくれたスパークリングワインで二階堂さんと乾杯した。

「ちょっと気が早いが、二人の第一子誕生に」

「二階堂さんのおかげです」

二階堂さんは笑いながら首を振った。軽く口をつけたグラスをテーブルにおいて、改めて二階堂さんをまっすぐ見つめた。

「さっき――最後の通信をしてきました」

「自分の記憶との整合性をとったわけだね。いよいよここからが本番、生まれてくる光さんのために、大人が腕まくりだ」

「はい」

「一つ、関わりのありそうな動きがあった」

「現地で、ですか」

二階堂さんがうなずく。

「フランスからの非植民地化運動の気運がここ数ヶ月で高まっている。僕たちのエックスデーまでにはまだ時間があるが、看過はできない」

「そろそろ現地でも動く必要が出てきそうですね」

二階堂さんがうなずく。

「あと十三年——僕たちが観測したことと矛盾がないように、不穏な動きを制圧した上で、光さんには事故を観測させる必要がある」

「そのことは今日、翠にも話しました。これからは翠も協力してくれます」

「じゃあ、勝ったようなものだね」

二階堂さんは改めてスパークリングワインのグラスを掲げた。

「だけどさ万里部くん。明日からきみも父親なんだろ。しばらく休んだほうがいい。出産後の非協力的な態度は死ぬまで夫婦生活に影を落とす、らしいよ」

「覚えておきます」

千嶋がキッチンから出て、前菜を両手に席までやってきた。

「アンティパスト盛り合わせっす」

「あぁ、ありがとう」

「うっす」

千嶋は料理を出して、またすぐにキッチンに向かっていった。自分の店を構えるようになって、当然ながらバイト時代より真剣に仕事に向き合っているように思える。

二階堂さんもキッチンに消えていく千嶋の後ろ姿を眺めていた。

「いい店だよね。シェフは万里部くんの同級生なんだろう」

「はい、二人とも来年で三十です。随分年をとりました、お互いに」

「いやいや、まだまだ若いよ。僕なんて今年で四十二だ」

「二階堂さんは本当にお若いですよね」

「そんなことはない。誤魔化してるだけさ。見えない所で結構ガタがきてるよ」

「若さの秘訣《ひけつ》はなんですか。参考にしたいですよ」

「うーん、恋愛、かな」

しばし呆然と二階堂さんを見つめた。今となっては長い付き合いだが、二階堂さんのその手の話は聞いたことがない。

「あれ……、二階堂さんって、まだ独身でしたっけ」

そう聞くと、二階堂さんは肩を揺らして笑った。

「結婚はしてないし、これからもしないだろうね。女性との恋愛に興味がないんだ、僕」

俺は、いつだったか翠と一石教授が声をそろえて、あり得ない、と言った七年前の日のことを思い出した。

なるほど。確かにこれは、本人がいないところでペラペラ話すような内容ではないかもしれない。

「あれ？　万里部くんに言ってなかったっけ」

「初めて聞きました」

「あぁ、そうか。ごめんごめん。長い付き合いなのにね」

二階堂さんはスパークリングワインを一口呑んで、クスクス笑いながら言った。

「だから——光さんが未来の僕だと名乗ったときに嘘だとすぐわかったよ。これは僕自身が考える策ではないって。どうも事情に詳しいから、正直万里部くん本人かとも思った。まさか、二人の娘だとは思わなかったな」

「……うちの娘が、どうもすみません」

「いいって。食べよう。僕もここのイタリアン、大好きなんだ」

千嶋特製のアンティパスト盛り合わせを前にして二階堂さんは上品に微笑んだ。


店の前に呼んだタクシーに乗り込む二階堂さんを見送ってから、俺はもう一度店の中に戻った。

「千嶋、今日もありがとな。美味《おい》しかったよ」

「いやこちらこそ。高単価でマジ助かってる、二人の貸し切りの日」

千嶋はテーブルから俺と二階堂さんの食器を下げていた。俺もそれを手伝った。こうしているとあの新宿の店でバイトしていたときのことを思い出す。

「なぁ万里部、そういえばさ」

キッチンの洗い場の蛇口をひねった千嶋が言った。

「百瀬さん、覚えてるよな」

「もちろん」

「この前さ、きてくれたんだよ」

「えっ」

空になったデザートの皿をキッチンカウンターに置き、思わず身を乗り出した。

「一人で？」

「そうそう。一人だった。なにしにきてくれたんだろ」

「そりゃお前、千嶋に会いにきたんだろうが」

「いや、近くまできて、イタリアンの気分になったから寄ってみたって言ってたぜ」

俺は頭を抱えた。

千嶋の店は最寄り駅から歩いて十五分以上かかる。フラッと立ち寄るような店ではない。すべての客は、この店を目指してやってくるのだ。

「嘘に決まってるだろ。こんな住宅街にフラッとなにしにくるんだよ。久しぶりに千嶋に会いたくなったに決まってるだろうが」

「やっぱり、そうかなぁ」

千嶋は洗い物の手を止めて考え込んだ。水だけがシンクに流れていく。

「手を止めるなら水も止めろ」

「あ、ごめんごめん」

千嶋の店なので謝られるのも変だが、とりあえずうなずいた。

「百瀬さんて今、彼氏とかいるのかなぁ」

呆れをとおりこして変な笑いが出てしまった。まさか三十代を目前にし、人の親になろうとする前夜に、中学のころからまったく変わらない千嶋のこの台詞を聞かされるとは思わなかった。

「あのなぁ、俺たち来年で三十だぜ。百瀬さんも同い年だろ」

「うん、ギリ二十代って言ってた、この前」

「千嶋、そんな呑気なことを言ってる場合じゃないぞ。少しでも気になるならメシでも誘ってみろよ。打席に立て、立つんだ千嶋」

「でもさ、結婚願望ないとか言ってたよな、百瀬さん」

「いつの話をしてるんだお前は。あのなぁ、俺が明日、父親になるんだぞ。俺が、だぞ」

千嶋は目を丸くした。

「そっか……、そうだよな」

「そうだ。人は変わるんだぞ。変わってないのはお前だけだ」

「なんでそんな酷《ひど》いこと言うんだよ万里部！」

　俺は笑った。

　だが実際、千嶋がいつまでも変わらないからこそ、色々な人間がこの店に吸い寄せられてくるのかもしれない。

　百瀬さんもきっとその一人だ。

「健闘を祈る」

「おう……連絡してみっかな」

「そうしろ」

　テーブルに並んでいた食器類をキッチンカウンターに下げ終えて、俺は椅子にかけていた上着を手に取った。

「手伝わせて悪かったな。奥さん待ってんだろ」

「あぁ、またちょっと病院に寄る。こっちこそゆっくりできなくて悪いな」

「いいって」

　コックコートの千嶋が店の外まで見送りに出てきた。

「万里部が父親かぁ。感慨深いものがあるな、なんか」

「お互い様だ。俺もいつきても変わらない千嶋に感慨深いものを感じてる」

「いや、今日から俺は変わる、もう変わったかもしれん」

「安心しろ、もちろんそれは勘違いだ」

「見てろよこの野郎！」

互いに笑い、軽く手を上げてから歩き出す。

酒に火照《ほて》った体に夜風が心地よい。初めて一石研に行った日と同じように少し冷たい風だった。

そして翌日、俺たちは親になった。

病室に入ると、白いガウンを着てベッドに横たわる翠が、生まれたばかりの赤子を抱いていた。

「お疲れさま、翠。ありがとうな」

「ううん」

中腰になって、娘の顔を覗きこんだ。腫《は》れぼったい顔ですやすや眠っている。やわらかそうな細い髪の毛がうっすらと生えている。

「よぉ……。久しぶり、はじめまして」

「不思議な挨拶《あいさつ》ね」

「これしかないだろ」

「そうだね」

俺の気配に気付いたのか、光の眉がぴくりと動いた。

「待ってたぞ、光。お前が生まれてくるのを、俺たちはずっと待ってた。もう大丈夫だからな。全部うまくいく」

「偽装とはいえ、この子を悲しませるのは、心が痛む。こんなに可愛いのに」

「大丈夫だよ、だって、三澄翠の娘だぜ。乗り越えるさ」

「うん」

翠は顔をあげて、俺に微笑みかけた。

「ありがとう、万里部くん」

翠は懐《なつ》かしい呼び方で俺を呼んだ。出会った頃の呼び方だ。

「なんのお礼だろう」

「あなたがわたしの世界を守ってくれた」

一瞬、意味がわからず、呆然と翠を見下ろした。

「この子がお腹にいるときに思った。この子にとってはわたしが世界のすべてで、わたしにとっても、この子が世界のすべてだと、本気で思ったの。だから、あなたにああ言った」

わたしとあなたが恋をしないと、世界は終わる——

「回りくどいことしてくれたな」

「乙女の恥じらいよ、大目に見てほしいわ」

「頼まれたら、断れないな」

生まれたばかりの光の頬を人差し指でつついた。

眠っていた光が眉間《みけん》に皺《しわ》を寄せる。

光の短い手が伸びてきて、小さな四本の指が俺の人差し指を握った。

「お前もそうやって握るのかよ」

翠が楽しげに笑い、つられて俺も笑った。

確かに、翠の言うとおりだ。

俺たちが守った世界は、確かにここにあった。

エピローグ

三澄のマンションのエントランスを出る。

三澄はもはやお馴染《なじ》みとなりつつある恨めしげなため息をついた。

初夏、だんだんと勢力を強めている朝の日射《ひざ》しが田端の街並みに照りつけている。

「この瞬間が一番しんどい。ルクセンブルクに移住したいわ」

「今度はどうしてそうなったんだ、涼しいのか、ルクセンブルクとやらも」

「税金が安いのよ。法人税が十七パーセントだって。浮いたお金で冷たいアイスが山ほど買えるわ」

「どう考えたって移住費用のほうが高くつくだろ。暑さでとうとう計算もできなくなったか」

「安心して。もちろん冗談よ」

「あぁ、もちろんわかってるよ」

どちらからともなく歩きだす。

気の早いセミはもう鳴き始めている。

歩き出すと、三澄は俺の左手の人差し指を握った。

いつからか三澄はこうやって俺の指を握るようになった。

「なんなんだよこの独特な手のつなぎ方は」

「落ちつくのよ、指握ってるほうが。離してほしいの？」

「そういうわけじゃない。別にいい」

俺たちは俺たちのペースで、ゆっくりと心地いい距離感を探っている。

「ルクセンブルクより、イースター島はどうだ？」

「イースター島？　なにそれ？」

「おいおい、嘘《うそ》だよな。お前、部屋にモアイ像置いてたよな」

「モアイ像……？　あぁ、あの土偶みたいな像、そういえばそんな名前だったわね。アレがどうかしたの」

なんと、モアイ像は土偶の類似品と見なされていたようだ。

「イースター島にはあの像が、一列にたくさん並んでるらしいぞ。見てみたくないか」

「興味深いわね。行ってみてもいいわ」

緩やかな坂を上りきると、不意に三澄が言った。

「そういえば、今度親が東京にくるのよ」

「へぇ。三澄ってどこ出身なんだ」

「東京」

「え？　ご家族だけ遠くに引っ越したのか」

「えぇ、練馬区に」

「二十三区じゃねぇかよ」

「ほとんど埼玉みたいなものでしょう」

「お前、練馬区民に刺されるぞ」

「そういう万里部くんは埼玉県民に焼かれるわよ」

確かに。両陣営に血が流れる発言だったかもしれない。もとはと言えば三澄が悪いが。

「第一研究室でちょっとした食事会をするらしいわ。週末、万里部くん空けられる？」

「第一研究室で？」

三澄がうなずく。

「第一研究室のリビングの奥、結構しっかりしたキッチンあるわよ。冷蔵庫も。万里部くん、なにか作ってよ。胃袋を摑《つか》んでおけば、いざと言うときの交渉もスムーズよ」

「なんだよ、交渉って」

「娘さんを僕に下さいってやつ。それが普通のプロポーズなんじゃないの」

俺は笑った。

「気の早い話だな」

「備えあれば憂《うれ》いなしよ」

確かに、そのとおりだ。

七年後、俺も光の親になる。

そのときに備えて、娘にいい父親と呼ばれる人の話は存分に聞いておきたい。

やはり秘訣《ひけつ》は、仕送りのダンボールに土偶を入れることだろうか。

あとがき

緒乃ワサビと申します。

この小説を手に取って頂き、ありがとうございます。

普段はラプラシアンというゲーム会社でシナリオを書いています。小説オリジナルの作品を書くのはこれが初めてでした。もちろん自分の作品が書店に並ぶのも初めてです。毎週末に近所の書店をハシゴする家で育ったので、めっちゃ嬉《うれ》しいです。

ここでは一部、作品内容にも触れますので、気になるかたは本編読了後にお読み下さい。

この作品は二〇二四年の一月に、ほぼ一息で書きました。新年早々のタイミングだったので、自分自身は今年どんな作品を読みたいかと考え、爽《さわ》やかな読後感を目指すことに決めました。

軽い気持ちで読めて、ほんのひととき楽しい時間に浸れるもの。邪悪な人間は出てこず、色んなことが丸く収まる話。

せめて空想の中くらいは明るくあってほしい。読者として、自分だったらそういう小説を選ぶだろうと、それを形にしました。

初めての作品でもありますから、自己紹介のつもりで好きな要素を詰め込みました。自己紹介というか、結婚式の乾杯のスピーチに近いかもしれません。グラスの中身が蒸発しきってしまいそうな長いスピーチでしたが。

スピーチの場で、いきなり自分の暗部をさらけ出すような人はなかなかいません。それと同じように、自分の中でも「ここは大丈夫」という要素を選別しました。ですが、出来上がってみると自分が色濃く出ている、と思う部分も結構ありました。不思議なものです。

ゲーム制作と比べて、小説は個人制作なのだろうと思っていましたが、実際に書いてみると全然違いました。

ネタ出しの段階から会社のメンバーや先輩ライターである御影さんの知恵を借りたし、科学考証の面では友人の藤野真人さんの力を借りました。ラプラシアンのゲームをプレイしてくれているかたがたにとってはお馴染《なじ》みの座組です。

執筆の段では編集者さんが常に併走してくれて、いい感じにノせて頂いて最後まで書き切れました。

軽い読み口を目指せば書く作業自体も軽くなる訳ではなく、「おれはもうダメだぁ！」とリアルに絶叫したりしながら書きました。

こういう局面を乗り切れるのは、原稿を待ってくれている人がいるからです。

一作書いたからといって自分の名刺に「小説家」と書こうとは思えません。作品を重ねて、名乗るより先に「小説家」と呼んでもらえるようになったら、そのときに役職を増やそうと思います。なにせ、長年の夢でしたから。

一生かかっても楽しみきれない程のエンタメが溢《あふ》れている現代、自分に合う作品や作者を探すのが一苦労です。僕としては、この本を手に取ってくれたかたのお気に入り作者リストに是非とも入りたい。この本に一箇所でも好きな部分があれば、きっと気が合います。この次もその次も、粛々と書いていきますので、どうか、末永く、なにとぞ。

緒乃ワサビです。名前だけでも覚えて、本を閉じてくださいネ。

参考文献

『タイム・トラベラー　タイム・マシンの方程式を発見した物理学者の記録』
ロナルド・L・マレット／ブルース・ヘンダーソン 著　岡由実訳　竹内薫 監修（祥伝社）

『量子テレポーテーション　瞬間移動は可能なのか？』古澤明 著（講談社ブルーバックス）

本書は新潮文庫ｎｅｘのために書き下ろされた。

河野裕著

いなくなれ、群青

11月19日午前6時42分、僕は彼女に再会した。あるはずのない出会いが平坦な高校生活を一変させる。心を穿つ新時代の青春ミステリ。

河野裕著

その白さえ嘘だとしても

クリスマスイヴ、階段島を事件が襲う――。そして明かされる驚愕の真実。『いなくなれ、群青』に続く、心を穿つ青春ミステリ。

河野裕著

汚れた赤を恋と呼ぶんだ

なぜ、七草と真辺は「大事なもの」を捨てたのか。現実世界における事件の真相が、いま明かされる。心を穿つ青春ミステリ、第3弾。

河野裕著

凶器は壊れた黒の叫び

柏原第二高校に転校してきた安達。真辺由宇と接触した彼女は、次第に堀を追い詰めていく……。心を穿つ青春ミステリ、第4弾。

河野裕著

さよならの言い方なんて知らない。

あなたは架見崎の住民になる権利を得ました。一通の奇妙な手紙から始まる、死と隣り合わせの青春劇。「架見崎」シリーズ、開幕。

河野裕著

さよならの言い方なんて知らない。2

架見崎。誰も知らない街。高校二年生の香屋歩は、そこでかつての親友と再会するが……。死と涙と隣り合わせの青春劇、第2弾。

伊坂幸太郎著
オーデュボンの祈り

卓越したイメージ喚起力、洒脱な会話、気の利いた警句、抑えようのない才気がほとばしる！　伝説のデビュー作、待望の文庫化！

伊坂幸太郎著
重力ピエロ

ルールは越えられるか、世界は変えられるか。未知の感動をたたえて、発表時より読書界を圧倒した記念碑的名作、待望の文庫化！

伊坂幸太郎著
ゴールデンスランバー
山本周五郎賞受賞
本屋大賞受賞

俺は犯人じゃない！　首相暗殺の濡れ衣をきせられ、巨大な陰謀に包囲された男。必死の逃走。スリル炸裂超弩級エンタテインメント。

伊坂幸太郎著
首折り男のための協奏曲

被害者は一瞬で首を捻られ、殺された。殺し屋の名は、首折り男。彼を巡り、合コン、いじめ、濡れ衣……様々な物語が絡み合う！

伊坂幸太郎著
ホワイトラビット

銃を持つ男。怯える母子。突入する警察。前代未聞の白兎事件とは。軽やかに、鮮やかに。読み手を魅了する伊坂マジックの最先端！

伊坂幸太郎著
クジラアタマの王様

どう考えても絶体絶命だ。製菓会社に勤める岸が遭遇する不祥事、猛獣、そして――。現実の正体を看破するスリリングな長編小説！

村上春樹著

螢・納屋を焼く・その他の短編

もう戻っては来ないあの時の、まなざし、語らい、想い、そして痛み。静閑なリリシズムと奇妙なユーモア感覚が交錯する短編7作。

村上春樹著

世界の終りとハードボイルド・ワンダーランド
谷崎潤一郎賞受賞（上・下）

老博士が〈私〉の意識の核に組み込んだ、ある思考回路。そこに隠された秘密を巡って同時進行する、幻想世界と冒険活劇の二つの物語。

村上春樹著

ねじまき鳥クロニクル
読売文学賞受賞（1～3）

'84年の世田谷の路地裏から'38年の満州蒙古国境、駅前のクリーニング店から意識の井戸の底まで、探索の年代記は開始される。

村上春樹著

海辺のカフカ
（上・下）

田村カフカは15歳の日に家出した。姉と並んだ写真を持って。世界でいちばんタフな少年になるために。ベストセラー、待望の文庫化。

村上春樹著

1Q84
―BOOK1〈4月―6月〉前編・後編―
毎日出版文化賞受賞

不思議な月が浮かび、リトル・ピープルが棲《す》む1Q84年の世界……深い謎を孕《はら》みながら、青豆と天吾の壮大な物語《ストーリー》が始まる。

村上春樹著

騎士団長殺し
第1部 顕れるイデア編（上・下）

一枚の絵が秘密の扉を開ける――妻と別離し、小田原の山荘に暮らす孤独な画家の前に顕《あらわ》れた騎士団長とは。村上文学の新たなる結晶！

新潮文庫最新刊

西 加奈子著

夜が明ける

親友同士の俺とアキ。夢を持った俺たちは希望に満ち溢れていたはずだった。苛烈な今を生きる男二人の友情と再生を描く渾身の長編。

江國香織著

ひとりでカラカサ さしてゆく

大晦日の夜に集った八十代三人。思い出話に耽り、それから、猟銃で命を絶った——。人生に訪れる喪失と、前進を描く胸に迫る物語。

結城真一郎著

#真相をお話しします

日本推理作家協会賞受賞

でも、何かがおかしい。マッチングアプリ・ユーチューバー・リモート飲み会……。現代日本の裏に潜む「罠」を描くミステリ短編集。

森 絵都著

あしたのことば

小学校国語教科書に掲載された「帰り道」や、書き下ろし「%」など、言葉をテーマにした9編。すべての人の心に響く珠玉の短編集。

柞刈湯葉著

幽霊を信じない理系大学生、霊媒師のバイトをする

理系大学生・豊は謎の霊媒師と出会い、奇妙な〝慰霊〟のアルバイトの日々が始まった。気鋭のSF作家による少し不思議な青春物語。

緒乃ワサビ著

天才少女は重力場で踊る

未来からのメールのせいで、世界の存在が不安定に。解決する唯一の方法は不機嫌な少女と恋をすること?! 世界を揺るがす青春小説。

デザイン　上都河希（Laplacian）

天《てん》才《さい》少《しょう》女《じょ》は重《じゅう》力《りょく》場《ば》で踊《おど》る

新潮文庫　お－118－1

令和六年七月一日発行

著者　緒《お》乃《の》ワサビ

発行者　佐藤隆信

発行所　株式会社新潮社

郵便番号　一六二—八七一一
東京都新宿区矢来町七一
電話　編集部(〇三)三二六六—五四四〇
　　　読者係(〇三)三二六六—五一一一
https://www.shinchosha.co.jp

価格はカバーに表示してあります。

乱丁・落丁本は、ご面倒ですが小社読者係宛ご送付ください。送料小社負担にてお取替えいたします。

印刷・錦明印刷株式会社　製本・錦明印刷株式会社

ISBN978-4-10-180288-6　C0193